© Editora Mundaréu, 2024 (esta edição e tradução)
© Actes Sud, 2022

TÍTULO ORIGINAL *Une sortie honorable*

COORDENAÇÃO EDITORIAL Michel Sapir Landa
PROJETO GRÁFICO DA COLEÇÃO Bloco Gráfico
ASSISTENTE DE DESIGN Lívia Takemura
PREPARAÇÃO Marina Waquil
REVISÃO Vinicius Barbosa

IMAGEM DA CAPA Presidente da República Democrática do Vietnã, Ho Chi Minh, com o presidente do governo provisório francês, Georges Bidault, após negociações havidas em Paris no dia 4 de julho de 1946, no Palácio do Eliseu. Agence France-Presse.

*Edição conforme o Acordo Ortográfico da Língua Portuguesa (1990)*

---

Dados Internacionais de Catalogação na Publicação [CIP]
Angelica Ilacqua CRB-8/7057

---

Vuillard, Éric, 1968–
    Uma saída honrosa/Éric Vuillard; tradução de Sandra M. Stroparo. São Paulo: Mundaréu, 2023.
    144 pp.

ISBN 978-65-87955-20-9
Título original: Une sortie honorable

1. Ficção francesa 2. Ficção histórica francesa 3. Guerra da Indochina, 1946-1954 – Ficção
I. Título II. Stroparo, Sandra M.

23-0231                                              CDD 843

Índices para catálogo sistemático:
1. Ficção francesa

2024
Todos os direitos desta edição reservados à
EDITORA MUNDARÉU LTDA.
São Paulo – SP

# Éric Vuillard

# Uma saída honrosa

[Narrativa]

tradução de
Sandra M. Stroparo

*Para Stéphane Tiné* ✝

| | |
|---|---|
| 9 | Anexo muito confidencial a um relatório de inspeção do trabalho |
| 19 | Dupont, o das portarias |
| 29 | Interlúdio |
| 34 | A grande coalizão |
| 37 | Um deputado |
| 43 | Como nossas gloriosas batalhas se transformam em sociedades anônimas |
| 46 | O alcaide de Eure-et-Loir |
| 56 | *Meet the Press* |
| 66 | Uma saída honrosa |
| 69 | Uma visita ao Matignon |
| 71 | O plano Navarre |
| 76 | A instalação |
| 78 | Christian Marie Ferdinand de La Croix de Castries |
| 82 | Cerco |
| 86 | Beatriz! Beatriz! |
| 90 | Navarre no detalhe |
| 94 | Os diplomatas |
| 104 | Telegramas |
| 114 | Os Partisans |
| 116 | Um conselho de administração |
| 128 | O olho do ciclone |
| 136 | A queda de Saigon |
| 141 | Nota |

ANEXO MUITO CONFIDENCIAL
A UM RELATÓRIO DE INSPEÇÃO DO TRABALHO

"É preciso viajar", escrevia Montaigne. "Isso nos torna humildes", acrescentava Flaubert. "Viajamos para mudar não de lugar, mas de ideias", enaltecia Taine. E se fosse tudo ao contrário? Em um guia de viagem sobre a Indochina de 1923, depois de uma página publicitária para a casa Ridet & Cie, armeiro do centro de Hanói, fornecedor de "armas e munições de caça e de guerra, todos os acessórios para caçadores e turistas, pistolas automáticas ou carabinas", antes mesmo que "a parte mais pitoresca do Alto Tonquim onde se encontra grande quantidade de curiosidades naturais" seja evocada, caímos em um pequeno léxico, manual de conversação para turistas, cujos primeiros rudimentos em tradução são estes: "Vá procurar um riquixá, vá rápido, vá devagar, vire à direita, vire à esquerda, retroceda, erga a capota, baixe a capota, me espere um momento aqui, me leve até o banco, ao joalheiro, ao café, ao comissariado, à Concessão Francesa". Esse era o vocabulário básico do turista francês na Indochina.

Em 25 de junho de 1928, ao nascer do dia, três figuras austeras deixavam Saigon para uma pequena viagem. Um fio de bruma se estendia sobre as construções. O carro rodava a toda a velocidade. Apesar de a capota já estar erguida, o ar ainda era fresco, e o viajante da frente logo se enrolou em uma manta. Mas, na realidade, Tholance, Delamarre e o secretário de ambos estavam longe de ser viajantes comuns: formavam o embrião de uma nova administração colonial, eram os primeiríssimos inspetores do trabalho nomeados na Indochina francesa. Suspeitas de maus-tratos em uma plantação da Michelin tinham feito muito barulho depois de uma revolta dos trabalhadores, e os inspetores receberam a função de fiscalizar o respeito às poucas regras que faziam as vezes de código trabalhista e que supostamente protegeriam o *coolie*[1] vietnamita. Em pouco tempo, o carro trocou os bairros da cidade pelas fileiras de casebres. A paisagem era tão bonita, de um verde quase agressivo, o rio transbordava de seu leito, e atrás de uma faixa estreita de terra se adivinhava uma profusão de terrenos espelhados de água.

Enfim, o caminho se embrenhou na floresta, e os viajantes experimentaram, ao mesmo tempo, uma espécie de encantamento e uma angústia indizível. Dos dois lados da estrada, era um desfile imóvel e implacavelmente repetido. Afundava-se em uma floresta imensa. Mas não era uma floresta como as outras, não era nem uma floresta tropical, densa ou selvagem, nem a espessa floresta dos sonhos, a floresta obscura onde as crianças se perdem; era uma floresta ainda mais estranha, talvez mais selvagem, mais obscura. À sua entrada o viajante se arrepia. Parece que nessa floresta, por um curioso sortilégio, todas as árvores crescem exatamente à mesma distância umas das outras. Uma árvore,

---

1 Contratados orientais que trabalhavam para os europeus. [N.T.]

depois outra árvore, sempre a mesma, e uma outra, e ainda uma outra, como se a floresta fosse composta de apenas um só e único espécime multiplicando-se ao infinito.

À noite, nas horas frias, os homens andam regularmente de árvore em árvore. Carregam uma faquinha. Em cinco segundos, dão alguns pobres passos, abaixam-se, levantam-se e deixam um entalhe na casca da árvore. Isso lhes toma no máximo quinze segundos, e assim, mais ou menos a cada vinte segundos, o homem alcança outra árvore, e na fileira vizinha outro homem o segue, e por centenas e centenas de metros, centenas de homens, descalços, com roupas de algodão, avançam, com uma lanterna na mão e a faca na outra, e entalham a casca. Começa então um lento gotejar. Parece leite. Mas não é leite, é látex. E a cada noite, cada homem sangra em torno de mil e oitocentas árvores, mil e oitocentas vezes o homem apoia a faca na casca, mil e oitocentas vezes ele traça seu entalhe, cortando uma fina lâmina de cerca de dois milímetros de espessura, mil e oitocentas vezes ele deve prestar atenção para não tocar o cerne da madeira. E enquanto nossos inspetores do trabalho atravessam de carro a interminável plantação, enquanto admiram a racionalidade da obra, o modo como Taylor e Michelin conseguiram afastar "a distração natural" do operário anamita graças a uma organização racional do trabalho, enquanto os inspetores admiram até que ponto essa floresta, a organização implacável dessa floresta, representa uma luta inaudita contra o tempo perdido, com o olhar atraído pela imensidão fria da obra, eles experimentam um tipo de pavor.

Mesmo o sistema mais bem-ordenado comporta falhas. E às nove horas da manhã, mais ou menos vinte quilômetros antes de sua chegada ao escritório da plantação, Émile Delamarre, inspetor do trabalho, viu três jovens tonquineses à beira da estrada. Teve a infelicidade de se inclinar, e viu que eles estavam ligados uns aos outros por um arame. Isso deve ter lhe parecido bizarro, incongruente, aqueles três homens descalços amarrados juntos, então ordenou ao motorista que parasse.

Os três homens estavam sujos, vestidos de farrapos, e iam sob a escolta de um capataz. Delamarre desceu um pouco cambaleante do carro, tropeçou no barro e caminhou com dificuldade até os prisioneiros. Uma vez junto a eles, olhou por um instante o capataz que, em vista do terno caro de Delamarre, tirou o chapéu. O tempo já se tornara quente e úmido. Delamarre constatou que os prisioneiros estavam cobertos de sarna. Em um relance, viu que o arame lhes feria cruelmente o pulso, e decidiu interrogá-los diretamente, em vietnamita. Depois de uma troca de palavras banais e algumas hesitações, um deles contou que tinha fugido. Era o que chamavam de *um desertor*: tinha deixado a plantação durante a noite, mas acabava de ser capturado. Delamarre deve ter considerado o tratamento um pouco desproporcional, mas não era absolutamente da conta dele. Contentou-se, então, em fazer uma observação um pouco seca ao capataz, depois recuou, limpou os sapatos no acostamento e entrou de novo no carro.

"Para a plantação", disse.

Durante o resto do trajeto, ele tentou esquecer a cena desagradável e, graças a Deus, quando chegaram à plantação, foram calorosamente recebidos. Depois de uma primeira verificação nas instalações, apresentou-se a eles o diretor da fábrica da Michelin na Cochinchina, sr. Alpha, acompanhado do responsável pela plantação, sr. Triaire, e de alguns empregados europeus. Eles começaram a visita todos juntos: casas dos *coolies*, jardinzinhos, duchas, enfermaria, armazém de víveres, caixa d'água. Os inspetores, admirados, conferiram os equipamentos novos. Saíram das construções e Delamarre, aproveitando um momento em que caminhava sozinho com o diretor, perguntou a respeito de grilhões que tinha avistado no começo de sua visita, ao lado das casas. O sr. Alpha pareceu desagradavelmente surpreso, virou-se para seu assistente, o sr. Triaire e, em um tom vivo, pediu-lhe esclarecimentos.

"Instalei os grilhões para prender aí os desertores", declarou Triaire, um pouco incomodado. "Não os deixamos presos por mais de uma noite, e apenas por um pé!"

"Há outros grilhões na plantação?", Delamarre ainda perguntou.

"Não há", respondeu Triaire, categórico.

A visita continuou. Agora estavam nas cozinhas; dariam uma volta completa pelos espaços. Triaire exaltava o gerenciamento moderno, a limpeza, quando de repente, passando em frente a uma porta fechada, Delamarre perguntou o que ficava atrás dela. Responderam dando de ombros, era sem dúvida um depósito, ninguém tinha as chaves. Como Delamarre insiste em entrar, Triaire vai procurá-las. Enfim, o supervisor volta com ele, ofegante, e abre a porta. A sala está vazia, mas no fundo há um grilhão com nove buracos.

O diretor se volta vivamente para Triaire e exige explicações. Triaire resmunga, o diretor levanta o tom. Mas, à semelhança do teatro, quando uma pequena comédia se desenrola em primeiro plano e uma cena em segundo plano a desmente, gemidos se fazem ouvir em um cômodo contíguo. E lá também a porta está fechada, é preciso ir buscar as chaves. Então, usando sua autoridade, o inspetor do trabalho ordena, nervoso, que a arrombem. Ali está, ela logo se abre, como por milagre acharam as chaves, que tonto esse Triaire! Contudo, em vez de suavizar o drama, essa estranha distração acrescenta um medo difuso que, por alguns minutos, toma conta dos inspetores do trabalho. No momento em que a porta se abre, eles têm bem presente, enquanto os gemidos aumentam: estão entrando em outro mundo.

Um homem deitado de costas, esgotado, os dois pés travados, seminu. O homem se contorce ao sol, tentando desesperadamente cobrir as partes genitais com um tecido sujo que segura como pode contra si. Então, enquanto a pequena comitiva está tomada de aflição pelo que acaba de descobrir, Triaire se precipita e, arrancando o pano que o pobre homem prende contra seu corpo descarnado, grita: "Contanto que ele não se mutilasse!". A observação é chocante, tanto que o inspetor do trabalho leva um instante para entender seu sentido.

Triaire queria fazer crer que o homem estava preso assim *para seu bem*?

O *coolie* estava agora quase nu, exposto ao olhar de todos. Era uma cena de terror. O homem foi liberado da melhor maneira como puderam, ergueram-no, e os vigilantes examinaram brutalmente as menores partes de seu corpo, como se o homem tivesse tentado se suicidar ou tivesse escondido algo. O recinto estava mal iluminado, sórdido. O homem estava assustadoramente magro. Mal parava em pé. Tinha medo.

O diretor repreendeu Triaire. "Mas que história é essa?!", ele gritou. "Não sei, senhor", repetia Triaire, gritando por sua vez contra um vigilante para que ele trouxesse no mesmo instante o enfermeiro. Foi preciso ter paciência. A espera pareceu interminável. O vietnamita estava esquelético, moribundo, e era forçado a se manter em pé no meio dos diretores e de dois desconhecidos cuja língua ele não falava. Titubeava, os franceses se calavam. De tempos em tempos, uma gota caía pesadamente sobre as chapas metálicas. Uma corrente de ar fresco atravessava o recinto. E Triaire repetia para si mesmo: "Eu não entendo".

Enfim, o enfermeiro chegou. Imaginou talvez tranquilizar os inspetores ao declarar: "É um paciente com desinteria de que estou cuidando". Mas essa declaração surpreendente só fez deixar a atmosfera mais pesada. Delamarre pensou: "E é assim que você cuida dele, amarrando-o seminu a um grilhão?!". Ordenou com uma voz fria: "Deixem este homem completamente nu". Triaire fez sinal na direção dos dois vigilantes, o *coolie* fez um movimento de medo, mas estava fraco demais para dar o menor passo. Tiraram sua camisa. O homem estava agora em pelo, como estaremos um dia diante de nossos juízes. Mantinha-se de cabeça baixa, com o ar de um morto. O inspetor Delamarre se aproximou dele lentamente, bem lentamente, andou em torno do homem. Fez um gesto e convidou seu colega a se aproximar: "Peço que registre que este homem ostenta seis golpes de vara bem marcados nas costas".

No dia seguinte, Delamarre foi para outra plantação Michelin onde vários suicídios por enforcamento tinham sido relatados recentemente. A empresa Michelin se perguntava sobre "os motivos dessa *epidemia de suicídios*", segundo a expressão que constava no relatório de inspeção do trabalho. Segundo a lista que lhe foi comunicada, os suicídios se deram em um ritmo espantoso. Phamthi-Nhi, enforcado no dia 19 de maio; Pham-van--Ap, enforcado no dia 21 de maio; Ta-dinh-Tri, enforcado no mesmo dia; Lê-ba-Hanh, enforcado no dia 24; Dô-thê-Tuât, enforcado no dia 10 de junho; Tran-Cuc, enforcado na mesma manhã. Ao todo, sete suicídios em um mês. E, durante sua visita, o inspetor descobre nos *coolies* traços profundos de pancadas; e, enquanto são interrogados, contam histórias de humilhação e de terror; e, apesar das negativas, Delamarre acaba por encontrar toda uma provisão de varas em um depósito; e, como sempre, o diretor da plantação não sabia de nada; e, como sempre, parece muito abalado, declara que se não tivesse ignorado certos excessos e tivesse reprimido de pronto, transferindo um jovem assistente zeloso demais, não teria jamais podido imaginar tais exageros; e, como sempre, o diretor exprime seu profundo descontentamento; e, como sempre, as sevícias são apresentadas sob o registro da exceção, do excesso de autoridade, a crueldade de um supervisor, o sadismo de um subalterno. O inspetor fez escrupulosamente seu relatório, a administração formulou algumas recomendações. Elas não foram seguidas por nenhuma reforma nem houve condenação. Nesse ano, a empresa Michelin obteve um lucro recorde de 93 milhões de francos.

Alguns anos antes, André Michelin tinha conhecido Frederick W. Taylor em um almoço organizado em sua homenagem no restaurante Prunier, em Paris. Na sobremesa, Taylor, que segundo o relato feito por Michelin era "a modéstia encarnada", apresentou timidamente os princípios de seu método. Mas, para compreender melhor a admiração de André Michelin pelas teorias de Taylor, para sentir o pavor que os inspetores do trabalho experimentaram quando seu carro, de manhã cedo, começou a seguir ao longo daquela floresta geométrica, na qual todas as árvores eram rigorosamente plantadas a igual distância umas das outras, para que cada *coolie* tenha de dar apenas alguns passos, sempre o mesmo número, no mesmo ritmo, para entender bem o que pode significar *a modéstia de Taylor*, essa qualidade que lhe atribuiu Michelin, citemos este pequeno excerto do grande livro de Frederick W. Taylor, *Os princípios de administração científica*: "Um homem com

17

a inteligência de um trabalhador médio pode ser treinado para realizar um trabalho mais delicado e mais difícil se ele se repetir o suficiente, e sua mentalidade inferior o torna mais apto que o operário especializado a suportar a monotonia da repetição".

Assim, segundo Taylor, Pham-thi-Nhi, número de identidade 2762, que se enforcou em 19 de maio de 1928 na plantação de Dầu Tiếng, não seria nada além de *um homem com a inteligência de um trabalhador médio treinado para o trabalho mais repetitivo*, mas que, apesar de *sua mentalidade inferior*, parece não ter conseguido suportar a *monotonia da repetição*; e Pham-van-Ap, número de identidade 1309, que se enforcou em 21 de maio de 1928, não era talvez nada além de *um homem com a inteligência de um trabalhador médio treinado para o trabalho mais repetitivo*, e que, entretanto, parece também não ter resistido à *monotonia da repetição*.

Nesse mesmo ano, 30% dos trabalhadores morreram na plantação — mais de trezentas pessoas. Delamarre viu novamente os punhos magros, feridos pelo arame, dos três fugitivos atordoados, os *desertores* que ele tinha encontrado de manhã cedo, com olhares ausentes. Teve vergonha. A verdade estava lá, diante de seus olhos. Pouco importava agora o maldito contrato de trabalho, em nome do qual se podia constrangê-los assim. Pegando de novo a estrada, naquela noite, o inspetor Delamarre compreendeu que, fugindo da plantação, esses homens tentavam apenas salvar sua pele.

## DUPONT, O DAS PORTARIAS

No norte do Vietnã, na região de Tonquim, encontram-se paisagens montanhosas extraordinárias, o que os guias turísticos chamam de *paisagens de sonho*. As colinas escarpadas, os lagos límpidos, as quedas d'água prodigiosas parecem saídas diretamente da pintura chinesa. Poderíamos dizer que foram pintadas com um pincel gasto para que a linha, reduzida ao mínimo, indique apenas uma fronteira de bruma. Mas, em setembro de 1950, o posto militar de onde, há um quarto de século, os franceses admiravam essas sublimes paisagens só recebia suas provisões por via aérea e se encontrava então perigosamente isolado. Mal punham a mão sobre os víveres jogados de paraquedas, já começavam a temer a fome. A situação se tornava crítica. As plantações tinham sido abandonadas por largos contingentes de mão de obra que haviam se juntado à rebelião. Era necessário agora encarar um verdadeiro exército. Por isso, depois de muitas hesitações, o Estado-maior francês se resignou a evacuar a posição. Tarde demais. No mesmo dia em que a ordem de evacuar foi recebida, o Việt Minh lançou um ataque formidável. Logo em seguida foram enviados legionários em paraquedas como reforço, mas o assalto foi tão rápido, tão brutal, que eles nem tiveram tempo de intervir, e o posto caiu.

Ao sabor de peripécias sangrentas, ordens e contraordens desastrosas, o regimento evacuado de Cao Bằng avançava com dificuldade pela selva. Conseguiu por fim alcançar uma segunda coluna. Mas quando a noite caiu, diante de uma situação mais e mais alarmante, atacados por todo lado, os sobreviventes se puseram em fuga, em uma retirada desesperada. O inimigo não deu trégua. E depois de numerosos e ferozes confrontos, as duas colunas foram aniquiladas.

Cerca de dez dias mais tarde, na quinta-feira 19 de outubro de 1950, na Assembleia Nacional, Édouard Herriot, que a presidia, usou a fórmula ritual de homenagem a *nossas* Forças Armadas, uma palavra para *nossos* heroicos soldados, depois invocou sua luta na Indochina com muita dignidade; achou mesmo que seria adequado acrescentar que a missão deles era "assegurar a independência de uma nação associada a nosso país no âmbito da União Francesa". Tinha então dado uma olhada no público em volta. As galerias estavam bastante ocupadas. Uma vez tendo convenientemente endereçado às famílias a expressão de *nossa* profunda emoção, apressou-se em virar a página e ceder a palavra ao primeiro inquiridor, sr. Juge.

 Em nome do grupo comunista, o deputado pergunta qual encaminhamento o governo pretende dar às proposições do presidente Hồ Chí Minh quanto à troca de prisioneiros. Seu discurso dura alguns minutos, os deputados começam a bocejar, faz tanto calor neste mês de outubro! Solta-se um pouco o nó da gravata, afrouxa-se um furo do cinto. Por fim, quinze minutos depois, outro deputado, Frédéric-Dupont, toma a palavra e na mesma hora o plenário se anima. Isso porque Frédéric--Dupont não é um parlamentar como os outros, e sim um deputado proverbial, de opiniões retumbantes, uma figura do Palais Bourbon, sede da Assembleia Nacional francesa. Para lhe fazer justiça, é preciso dizer que uma parte não desprezível de sua reputação vinha da atenção emocionada que ele dedicava aos zeladores de edifícios; dizem que apresentava dezenas e dezenas de proposições visando à melhoria de suas tristes condições de existência, razão pela qual fora apelidado de *Dupont, o das portarias*.

Nota-se com emoção tanta fidelidade por uma corporação injustamente desprezada, por essas testemunhas passivas e miseráveis de nossa vida, triando nosso correio, afastando pessoas indesejáveis e retirando nosso lixo. Mas, para compreender melhor o interesse que nosso deputado dedicava a eles, é preciso voltar até os critérios que tinham justificado a sua contratação. Para isso, precisamos nos debruçar um instante sobre a vida de Jean Chiappe, célebre prefeito de Paris, um dos pais fundadores da polícia moderna. Leitor de *Gringoire* e de *A ação francesa*, ele admirava acima de tudo Charles Maurras, vocês conhecem, *o polemista*. À noite, com as costas grudadas na bolsa de água quente, folheava ansioso, carrancudo, as brochuras ou os panfletos do mestre, esperando que surgisse, no dia seguinte, o regime enérgico que redimiria a França. Quando estava de bom humor, depois de uma feliz batida policial ou da repressão bem-sucedida a uma greve, suspirava, sob a lâmpada de cabeceira, pela trama de amores imaginários que Maurras evocava em seus *sonhos provençais*. Mas a paixão mais viva de Jean Chiappe era seu trabalho. Zeloso, incorporou ao corpo de agentes de polícia o maior número possível de matadores, malfeitores sem escrúpulos, subversivos, a fim de ter uma polícia dura, complacente e tacanha. Para melhorar o cotidiano de suas tropas de choque, facilitou a contratação de suas esposas como zeladoras de edifícios, o que lhes permitiria complementar a renda. Afinal, nunca se está suficientemente bem-informado, nunca suficientemente seguro sobre os inquilinos desleixados, sobre os pequenos proprietários instáveis; é, portanto, judicioso colocar nos edifícios de Paris pessoas de confiança. Compreende-se melhor agora por que Frédéric-Dupont, que se filiava às opiniões de Chiappe, apoiava incansavelmente os zeladores. Manteve assim um verdadeiro corpo de cabos eleitorais, missionários, fornecedores, propagandistas de balcão, mas, sobretudo, protegia uma clientela diligente, eficaz, as esposas dos agentes de polícia, uma armada de delatores.

 Frédéric-Dupont não era, portanto, apenas o deputado extravagante que querem nos apresentar, o energúmeno exagerado, fantasioso, que nos descrevem seus antigos confrades; e enquanto Édouard Frédéric-Dupont desce da tribuna com diligência, neste 19 de outubro de 1950, apertando algumas mãos e deixando de passagem uma palavra simpática, observemo-lo um pouco e, ao lado do deputado que se prepara para falar, desfiemos por um instante sua longa carreira. Seguremos um minuto o volume que ficou na mesa de cabeceira e folheemos rapidamente o pequeno romance de sua existência.

Édouard Frédéric-Dupont nasceu no 7º *arrondissement* de Paris, de onde é um verdadeiro autóctone: fala a língua, conhece os costumes e veste sua libré. Tem uma cara bizarra, esse Dupont. É preciso dizer que, tendo participado dos tumultos fascistas de fevereiro de 1934, foi ferido na cabeça: daí lhe vem talvez esse ar lunático, desagradável. Mas as pessoas do 7º *arrondissement* recompensarão esse ferimento de guerra, pois ele será eleito lá e depois reeleito sem pausa com maioria acachapante de 95%, verdadeiros plebiscitos. Defensor do general Franco, votará, quando a hora chegar, por conceder plenos poderes a Pétain. Consagrado vice-presidente do conselho de Paris a partir de 1941, sentindo progressivamente os ventos mudarem de direção, recusará votar o projeto de orçamento para 1944. Enfim, demite-se do conselho, quinze minutos antes do dilúvio. Alguns meses mais tarde, a França é liberada. Seus atos de bravura lhe valerão *in extremis* a Medalha da Resistência e a Legião de Honra.

Mas saltemos um pouco as barreiras, vamos lá, avancemos! Recapitulemos sua carreira prodigiosa: eleito por 62 anos em Paris, um recorde, treze mandatos de deputado, mais de quarenta anos de vida parlamentar; conheceu três repúblicas e foi membro de dez formações políticas, para finalmente se apresentar na lista da Frente Nacional ao lado de Olivier d'Ormesson, o primo de Jean. Mas, antes de tudo, o *Dupont das Tagarelas*, como o chamavam afetuosamente nos corredores, foi um grande *introdutor de reformas*. Dentre suas ações mais notáveis, destaquemos que ele participou da criação do boulevard Periférico de Paris, da construção de um estacionamento e da restauração dos jardins do Hôtel des Invalides. Prodígios, por assim dizer.

Mas, neste 19 de outubro de 1950, Frédéric-Dupont está em um dos ápices de sua carreira, pois a guerra da Indochina o deixa em primeiro plano. Ele é o grande defensor do Império e o advogado de nosso exército. Um fiapo de luz escapa pela vidraça, os jornalistas se alternam com discrição em torno da tribuna. Dupont puxa as calças, decididamente roupas sob medida não são mais o que eram! Fecha o segundo botão do paletó (com corte indulgente para sua corpulência), assegura-se de que ele não foi amarrotado pela confusão, e pigarreia, limpando a garganta. Frédéric-Dupont se segura no púlpito. Há muita gente no plenário, as galerias se enchem, os companheiros o encorajam. Com uma mão sonhadora, enxuga o crânio, convocando seus últimos fios de cabelo, e se lança loucamente em sua grande diatribe.

Evoca de início, com um gesto transtornado, "o drama de Cao Bằng", e deplora "o abandono material e moral no qual nosso heroico corpo expedicionário foi deixado". Risos se espalham. Os secretários anotam apressados as réplicas grosseiras. As luzes brilham. Dupont experimenta um vago sentimento de aflição. Na bancada do governo, os ministros se agitam. Segundo ele, faltaria de tudo para o exército na Indochina, e apontando um dedo vingador na direção do secretário de Estado das For-

ças Armadas, Dupont exclama, com um ar de angústia, vermelho de cólera, que até mesmo o arame farpado foi substituído por piquetes de bambu!
Max Brusset: "Era só o que faltava!".

Essa réplica de Max Brusset é memorável. E, como tudo que concerne à memória, origina-se de uma lenta sedimentação. Para conseguir pronunciar convenientemente "Era só o que faltava!" nas circunstâncias apropriadas, é preciso que se acumulem muitas gerações de notáveis. Desde o bócio de Max Brusset, essa expressão tem raízes na garganta de seu avô, Jean-Baptiste, o senador, também presidente dos notários de Haute-Saône, função maravilhosa. Max, de sua parte, foi membro do comitê de honra e do comitê de orientação da *Revue de deux mondes*, que sempre foi generosa. Foi também um dos proprietários da Rádio Méditerranée, depois presidente e diretor-geral da Satas, sociedade que produzia máquinas de franquear correspondência, modelo patenteado dotado de um exclusivo e revolucionário procedimento chamado de *sanglier*. Mas eis que em seguida se torna conselheiro da Compagnie Générale d'Électricité, depois da L'Oréal, e da Henkel-France, que fabrica colas e detergentes. É versátil, esse Max, com sua cara bonachona de homem de rádio; ele se adapta a tudo, passa das ondas aos selos do correio, dos selos à distribuição de eletricidade, e da eletricidade, que ilumina a vida, aos cosméticos, que lhe são perfeitamente acessórios, e dos cosméticos, que maquiam, aos detergentes, que corroem.

Sua esposa, Marie, é uma Vallery-Radot, o orgulho da burguesia. No século XVI, os Radot são comerciantes, transmitindo um cofrinho e uma escrivaninha de pai para filho. Um século depois, somos mestres cirurgiões; mais um século e nos tornamos notário real. Começou. No século XIX, Lazare-André Radot se instala em Avallon como advogado. Seu filho, Vincent Félix Vallery-Radot, vai para Paris; sua carreira foi prodigiosa. De início na Biblioteca Real do Louvre, ascendeu até o gabinete do ministro da Agricultura e do Comércio do Segundo Império. Ele sabe fazer de tudo, Vincent Félix, tudo. Redige críticas, publica livros e, enfim, fatura a Legião de Honra. Mas, sobretudo, Vincent Félix se casa. E também nisso ele é hábil, ambicioso; casa-se com a neta do dr. Jean-Joseph Sue e, através dela, casa-se ao mesmo tempo com a Academia de Medicina, a Literatura e a grande História; guarnecerá sua árvore genealógica com Louis Pasteur e Eugène Sue, com um intendente do duque de Orléans e um acadêmico. E isso continua, primeiro com René Valléry-Radot, homem de letras, colaborador, ele também, da *Revue de deux mondes*, e depois com Louis Pasteur Vallery-Radot, que se manteve, ao final, em duas academias, a Francesa e a de Medicina. Ah! Que parentela, que tribo constituem os Vallery-Radot! E, na realidade, é bem o substantífico tutano[2] dessa linhagem, florilégio da bur-

---

2 Tradução de Guilherme Gontijo Flores, e antes de Aristides Lobo, para "*substantificque mouelle*", no "Prólogo do autor" da obra *Pantagruel e Gargântua*, de Rabelais. [N.T.]

guesia francesa, que toma realmente a palavra pela boca de Max Brusset, em 19 de outubro de 1950, na Assembleia Nacional, em torno das dez horas da manhã. E enquanto o pequeno Max, o menino de Neufchâteau, recolhe-se no mais fundo de seu terno, atrás da gravata marrom e do colarinho demasiado branco, enquanto rumina no quarto dos fundos (em outras palavras, *sua alma*), não sei por qual espanto enfermiço, lívido, envenenado por palavras secretas, amargas, tristes e amargas, que ele pronuncia para si, mudo, sem ouvi-las, sem talvez nem mesmo pensar nelas, enquanto o pequeno Max, tímido, com o olhar perdido, encolhe-se em si mesmo, o deputado da Charente-Maritime levanta o braço com ímpeto e abre seu grande bico. Então, toda a sua genealogia de notáveis, os grandes Brusset, rejeita para longe os pequenos Brusset do passado, e sua família agregada, os sacerdotes da *Revue de deux mondes*, os magnatas da cirurgia e do notariado, levanta-se por sua vez e, símbolo da representação nacional, fenômeno em que a vontade de mil se cristaliza em um, todos os Radot, os Brusset e os Vallery bradam como um só homem: "Era só o que faltava!".

Mas Max Brusset não se contentará com essa interjeição admirável; ainda abrirá sua matraca uma hora mais tarde para dizer: "Que pena! Fomos servidos"; e um pouco depois, ainda, fará esta réplica mordaz "É a voz de seu mestre!", evocando a voz do povo argelino. Passada uma boa meia hora, durante a qual ele coça os colhões sob o púlpito, e, depois de uns quinze minutos de cochilo, arrancado bruscamente do sono pelo ardor dos debates, atira de improviso sua mais célebre riposta: "É a distribuição dos prêmios?". Mas no fim do dia ele fará uma última réplica, ditado moral em que tudo está dito. Quase roxo, respirando mal, ele fica em pé, incha o peito e pronuncia com uma voz exangue, cadavérica: "Senhor presidente, o senhor tem mais consideração pelo sr. Tillon do que pelo sr. Capitant". O que em bom francês quer dizer: "O senhor tem mais consideração por um comunista do que por um gaullista", o que em francês antigo quer dizer: "O senhor tem mais consideração por um velho operário do que por um professor da faculdade de Direito de Paris!". O que na língua de Molière quer dizer: "O senhor tem mais consideração por um zé-ninguém do que por um dos nossos!".

## INTERLÚDIO

Enfim, por volta do meio-dia, depois de muitas intervenções memoráveis, saindo de seu prodigioso torpor, Herriot sacudiu seu enorme corpo e declarou que a sequência dos debates havia sido protelada para a próxima sessão pública, dentro de duas horas. Era meio-dia e quinze, o presidente abotoou seu paletó, como os homens de negócios e os políticos estão acostumados a fazer, uma espécie de reflexo condicionado. Os operários, os empregados dos correios, os ferroviários, os operadores de guindastes nunca abotoam seus paletós, eles enfiam as mãos nos bolsos, sobre os quadris, e deixam as abas dos aventais cobrirem seus cotovelos. Mas os homens de negócios e os políticos têm desde sempre um problema de protuberância, de bucho. A idade é responsável em parte, mas o salário e as gorjetas, as gratificações, são a principal causa dessa deformidade.

Logo o plenário se esvaziou. Herriot e alguns colegas foram almoçar no Rollet, na rua de Bourgogne. Enquanto acompanham o velho mestre, falam da intervenção de Pierre Cot, no final da manhã, que convulsionou o plenário. "É verdade", pergunta um deles, "que a guerra nos custa 1 bilhão por dia?" Um membro da comissão de finanças, que está marchando pelo meio-fio para deixar a calçada livre para o presidente, confirma: "Gastamos mesmo, segundo as declarações do senhor ministro das

Finanças, 1 bilhão por dia com a guerra. É a cifra oficial".
À menção dessa cifra, os bancos da Assembleia haviam resmungado. Um bilhão. É muito de qualquer forma. Os olhares se cruzaram de tribuna a tribuna, incomodados; ingeria-se, regurgitava-se, comparava-se. Parece uma soma enorme, de fato. Um bilhão. Nunca temos o suficiente para as destinações de verbas, para os auxílios; as proteções de todas as ordens devem esperar de forma a atender a um realismo contábil; explicam-nos, com o dedo em riste, que se gastamos além do que arrecadamos, pois bem, é a bancarrota. E as velhas raposas que passam sua vida de nariz empinado, atrás das menores vírgulas, e nos fazem economizar aqui um centavo, lá dois, os guardiões ferozes de nosso dinheiro, eis que de repente, para uma despesa assim absurda, assim vã, assim assassina, não hesitam por um segundo, mão sobre o peito, cantando o hino nacional, jogam 1 bilhão pela janela todos os dias.

No momento, o restaurante já não está muito longe. A sombra do presidente Herriot avança sobre a calçada mancando formidavelmente, apoiando sobre a bengala seu corpo gigantesco, cheio de nebulosidades e trevas, torcido, vacilante, balançando-se como alguns perus, remoendo também, talvez um dente ruim, uma ponte um pouco desencaixada. Enfim, já dentro do restaurante, depois de alguns movimentos pantagruélicos do torso, com a gigantesca bunda já enfiada entre os braços da poltrona, o velho bisão rumina.

Pedem logo um Kessler, depois admiram por um instante a cor amarelo-limão do vinho, adivinhando os reflexos verde-claros na luz pálida que pena para chegar até eles desde as janelas um tanto escassas do salão. O presidente Herriot, que ficou exasperado com essa sessão prudhommesca, leva a taça ao nariz e tenta desesperadamente apreciar os aromas confitados, o toque de frutas amarelas, de marmelo, da ameixa mirabelle, mas nada, o mau humor é mais forte do que o mimo, a exasperação acaba com o prazer da mesa e ele engole sua taça de vinte francos como se fosse uma bebida barata. O garçom o aconselha a pedir a terrina de *foie gras* com geleia de vinho do Porto, ou mesmo um escalope de vitelo gentilmente coberto de alcaparras, que casa muito bem com o equilíbrio desse vinho rico e saboroso. Mas Herriot não se importa, faz um gesto irritado, escolhe a terrina para se livrar do sujeito, e reserva, para a sobremesa, uma bomba de chocolate, antes que sejam todas devoradas por seus colegas, como já foi o caso na semana passada! O garçom se retira sorrindo. Herriot sente dor de barriga, abre o cinto embaixo da mesa; é que ele já tem 78 anos, Édouard Herriot, faz 46 anos que ele arrasta suas polainas nos bancos dos conselhos e das assembleias, e está farto. Sorri vagamente para seus vizinhos de mesa, os mais jovens comentam os discursos de seus colegas e reencenam a batalha de Cao Bằng a golpes de guardanapos e de garfos, mas Herriot não se importa nada com Cao Bằng, tira seu cachimbo lendário, o olho malicioso no topo de uma pirâmide de gordura, então lhes diz duas ou três frases curingas com um ar municipal, porque ele é antes de tudo prefeito de Lyon, conselheiro municipal, será ainda por sete anos; ao todo, quase meio século. Trinta e cinco anos antes da Segunda Guerra Mundial, onze anos, dez meses e oito dias depois da guerra, zelou por Lyon, pelos comerciantes de Sain-Jean e pelos discretos rentistas de Presqu'île.

Parafraseando a separação da Igreja e do Estado, dizem que nele há a separação do cérebro e do estômago, separação do espírito municipal e da carcaça municipal. E se ele pronunciou muitas sentenças justas e corretas durante sua longa carreira de prelado, também tonitruou besteiras sem nome de seu púlpito. Assim, à época dos debates em torno do nascimento da União Francesa, ele pomposamente declarou: "Se dermos igualdade de direitos aos povos coloniais, seremos a colônia de nossas colônias".

É difícil imaginar o que isto supõe, ser prefeito de Lyon durante tantos anos. É difícil imaginar o que isso supõe de malícia, apertos de mão, habilidade, astúcia, ardileza, adversários apunhalados, sim, é difícil imaginar o número de cadáveres que um tipo como Édouard Herriot abandonou em seu caminho, quantas carniças são necessárias, quantos companheiros executados, carreiras estranguladas, para que um único sujeito gordo possa escalar os degraus da prefeitura de Lyon e instalar-se por meio século no trono.

Os deputados que o acompanham trocam ainda algumas palavras sobre a sessão, caçoa-se de um, evoca-se Cao Băng, "os eventos dramáticos", "a situação indochinesa"; repete-se o jornal da véspera. Graças a Deus, a terrina chega. Herriot se lança sobre ela com sua faquinha de manteiga e sua mão gorda coberta de pelos. Ele fica com a metade, ninguém reage. Seu rosto está cansado; pouco depois, o olhar parece morto, a respiração está pesada. Sem dúvida já não há muito de Édouard Herriot nessa grande carcaça; há o cacique, o grande chefe das margens do Ródano. O resto está morto.

*Dupont, o das portarias*, entra no salão e se dirige a uma mesa vizinha, saudando o presidente Herriot ao passar. Ao meio-dia, no barulho que aumenta, Herriot é de repente apenas um velho senhor cansado, pairando no nada. Mas a besta continua a viver e se alimentar. Ela sabe que, quando entra em um lugar, a multidão se levanta. Sabe que as jovens bestas, que esperam a sua morte, giram ao seu redor em silêncio, mas que quando terminar de falar, quando soltar um pequeno arroto, todo mundo irá se levantar de novo e aplaudir. Sabe que as ruas terão seu nome. Sabe que farão seu elogio fúnebre. Sabe que os aplausos, as saudações, os salamaleques, tudo é o começo de seu elogio fúnebre. De seu lugar na cabeceira da mesa, mal levantando suas enormes pálpebras, Herriot limpa os lábios e o queixo com um gesto entorpecido. Sua vida pública não é nada mais do que uma rotina soberana.

## A GRANDE COALIZÃO

Lentamente, os deputados voltam do restaurante, a sessão é enfim retomada. O público regressa às galerias. "Pssst! Venham!", murmura o funcionário, fazendo um gesto com a mão, "Venham!". As pessoas, como na escola, instalam-se na última fileira. Um tipo explica: "Lá! Veja! É o presidente Herriot! Sabe, o prefeito de Lyon...". "Eu o conheço!", diz uma velha senhora. "Ele parece mais velho do que nas fotos..." No plenário, um tipo de pele morena, árabe, toma a palavra. "É um deputado?", pergunta uma jovem espantada. "Acho que sim", reponde seu marido.

O árabe, do povo cabila, é mesmo um deputado. Seu nome é Abderrahmane-Chérif Djemad. É um deputado comunista de Constantina. Filho de um camponês imigrado para a França, depois de breves estudos, foi pedreiro, trabalhador de escavação. "Quantos argelinos, marroquinos, soldados das colônias vão sofrer esse horrível destino!", exclama ele, sobre as tropas coloniais que, na Indochina, formam na realidade o grosso de *nosso exército*. Sua veemência parece estranha em uma sala quase vazia.

Os rostos distantes de alguns colegas presentes parecem flutuar à sua frente, e o deputado de Constantina está cansado. Senta-se, sua garganta se fecha. Para que serve tomar a palavra aqui? Os discursos se multiplicam uns sobre os outros como os caminhos de um labirinto; não levam a lugar algum.

Naquele momento, as fileiras se enchiam de novo. Conversavam. Seus colegas voltavam da cafeteria, como uma camarilha de convidados que passa insensivelmente da sala de jantar para a de estar. Abderrahmane-Chérif Djemad sentiu que se assentava em seu pensamento uma fina camada de ressentimento, e experimentou a tristeza.

Houve um instante de movimentação no plenário, o grupo socialista estava reunido para uma questão de último minuto, falavam em voz baixa, o presidente da sessão parecia perdido em seus pensamentos. De repente, Daniel Mayer se levantou de seu banco, abotoou com determinação o paletó, depois com um tom calculado, digno e calculado, declarou em nome do grupo socialista que "a Assembleia deveria saudar e honrar os mortos de forma unânime, todos os mortos, sem exceção", insistiu, em resposta à dolorosa questão das tropas coloniais colocada por Djemad. Rendeu em seguida *"uma homenagem respeitosa e deferente* aos soldados que lutam *pelas cores da França"*. A luz está esmaecida. Os membros do governo têm de repente um ar muito envelhecido, horrivelmente envelhecido. O pequeno discurso é um modelo do gênero, cumpre seu papel de sino. Permite reagrupar instantaneamente os membros da grande coalizão. A seu sinal, exige-se dos outros uma total adesão, ou, dito de outra forma: todos aqueles que pretendem poder participar das decisões, tomar parte no governo, ser um dia encarregados de altas funções, devem, pelos aplausos repetidos, por suas aprovações sem equívoco, mostrar que em nome de seu grupo, em nome do Parlamento, em nome da ordem social, concordam em autocensurar-se. Devem mostrar que em nome de valores pretensamente honrosos, como o patriotismo, dissimulando outros interesses não escritos, mas que são, entretanto, um preâmbulo implícito a todas as constituições, diante das insinuações desagradáveis de Abderrahmane-Chérif Djemad, diante do destino, no entanto, incontestável das tropas coloniais, os deputados devem deixar suas divergências de lado. Ouvindo as palavras *homenagem*, *respeito*, *soldados*, todos eles compreendem de imediato, sem outra explicação, que se trata de dissolver sua liberdade de fala em um jargão nebuloso. Daniel Mayer está bem contente com seu efeito. Os aplausos da esquerda, do centro e da direita confirmam que seu apelo foi bem recebido, que sua homenagem aos soldados foi aprovada por unanimidade. As tropas coloniais de Abderrahmane-Chérif Djemad estão agora bem longe. Quase sentiríamos vertigem se não se tratasse de mortos verdadeiros, cadáveres reais.

    Enfim, depois que Mayer sentou-se, após ter mastigado, engolido e cuspido duas ou três vezes a tampa de sua caneta, uma figura atarracada, familiar, subiu lentamente à tribuna. "A palavra é do sr. Mendès France."

## UM DEPUTADO

Tossem à direita e à esquerda, os bancos rangem, o couro geme sob as ancas que se ajeitam e o orador coloca à sua frente o maço de folhas mortas. "Hoje", ele diz, "falando aqui em meu próprio nome, quero afirmar que me parece ter se tornado perigoso calar a verdade para o país." Ao ouvir a palavra "verdade", o presidente do Conselho, René Pleven, se ergueu com um ar de desaprovação silenciosa. Nos corredores, correm para reagrupar mais companheiros, fazem uma chamada geral das tropas. Exclamações se espalham um instante pela sala, mas rapidamente o silêncio domina. E Mendès retoma seu discurso.

Ele afirma de início que, para realizar nossos objetivos na Indochina por meio da força militar, é necessário obter com urgência vitórias decisivas. Seu olhar doce, mas determinado, varre a sala, ninguém pisca. É que Mendès tem o dom de seguir a corrente profunda de seus pensamentos, fala pausado, em uma língua prudente, razoável. Para chegar a nossos objetivos militares, acrescenta, vamos precisar de três vezes mais efetivos *in loco*, o que significa dizer: três vezes mais empréstimos.

Assim, passo a passo, carrega a consciência de seu auditório por um terreno mais racional do que os oradores que tinham acabado de precedê-lo, como se suas opiniões pessoais fossem irrelevantes. Como Pierre Cot fizera nessa manhã, mas em uma linguagem agora mais articulada, menos polêmica, Mendès avançou sem precipitação, sem jamais deixar para seus colegas o sentimento de valer mais do que eles. Sua figura robusta enfrentava a Assembleia, sólida, modesta. Virava lentamente as páginas, levantava por alguns instantes a cabeça. Seu rosto parecia então emergir contra um pano de fundo tenebroso.

"A verdade", retomou Mendès, o rosto fechado, quase triste, "em um momento em que tantas outras preocupações nos oprimem, é que não temos os meios materiais de impor a solução militar que perseguimos por tanto tempo na Indochina."

A emoção foi, de repente, muito viva. Mesmo os mais impenitentes, mesmo os mais coriáceos dos parlamentares-barrica, os mais sonolentos, aqueles que se acreditava mortos havia várias sessões, compreenderam nesse momento que alguma coisa estava acontecendo. E, de fato, Mendès chegou logo ao famoso déficit orçamentário. Ele mesmo é favorável às medidas de austeridade, sempre foi, insiste, com uma boa-fé incontestável, levantando as sobrancelhas, como sempre faz, o ar espantado, sincero. Os políticos são experts em todo tipo de artimanha, representam, frequentemente muito mal, sempre o mesmo papel, mas a sinceridade impressiona, ela os deixa desarmados. Então é bem isso, dizem: a guerra custa muito caro.

Foi então que os deputados, abandonando por um instante as instruções do partido, esquecendo as intrigas, as barganhas de sessão, voltaram a ser, por um breve instante, *pessoas*. E não mais *razões sociais*. As palavras de Mendès penetravam os homens, oh, não de maneira milagrosa, mas seu peso razoável, o tom franco, convincente de Mendès, não poderia deixar nenhum burguês indiferente. Ele sabia falar para eles, dirigir-se a eles em sua língua, no estreito perímetro de seus interesses. E ele tentou, nesse 19 de outubro, às quatro horas da tarde, fazer entrar ali alguma coisa maior.

Entretanto, apesar de um indubitável sucesso — e isso se sentia nas fileiras: Mendès tinha tocado, tinha empregado as palavras justas, tinha abalado suas consciências de notáveis —, apesar disso, Mendès subitamente deve ter se sentido muito só. Claro, ele duvidava que naquele dia conseguisse reunir uma maioria para sua causa, deve ter dito a si mesmo que serviria para mais tarde; e armado dessa convicção tinha escrito seu discurso. Mas naquele momento, em frente à Assembleia, era outro gênero de convicção que o guiava, uma fé mais profunda, mais obscura, que tinha saído de suas próprias palavras.

Um rosto é sempre uma deformidade. Nossas ideias nos desfiguram. Nós nos parecemos. Entretanto, do alto do que nomeamos, com demasiado respeito ou compunção, uma tribuna, uma palavra pode repentinamente entreabrir, por um instante, a comum concordância de alguém consigo mesmo. E imagino que então nosso rosto nos reflita por completo, como se tivesse sido pintado, e que o pincel do mestre, sagaz, lúcido, dotado de sabe-se lá que ardor louco, possa interromper por um instante, por um segundo, o diálogo narcísico a que todos nos dedicamos, no mais fundo de nossa caverna, na pobre mentira que nos repetimos, diálogo sem público, no entanto silencioso, solitário e por si só, sem cessar, equivocado. Imagino que pela força das circunstâncias, do drama que nos liga repentinamente aos outros, de forma violenta, triste, alguma coisa se perturba no que chamamos nossa imagem, e imagino que possamos perceber nela, de um golpe, brutalmente, pela duração de um eclipse, o litígio persistente, renegado, repisado, entre esse pobre amor próprio, sepultado, mas sem cessar mantido pelo pequeno trabalho de nosso egoísmo, e outra coisa que nos é estranha e que é do interesse de todos, e que nomeávamos outrora de a verdade do tempo.

 Assim, nesse 19 de outubro de 1950, Mendès saiu das fileiras. Seu outro rosto apareceu. Esse rosto grave e como que partido que, desde então, reconhecemos como sendo o dele. Esse rosto de sobrancelhas levantadas, mergulhado na dúvida, exposto. É tão difícil descrever um rosto, mistura de carne e pensamento. Há, no rosto de Mendès, alguma coisa tranquilizadora e inquieta, frágil e cartesiana, dura e hesitante, que era o seu charme. E quando alguém diz a verdade, quer dizer, tateia na obscuridade, isso se percebe.

 Houve então um tremor em todo o plenário, um tipo de ondulação silenciosa. Os rostos estavam surpresos, tensos. Era necessário evitar o incidente a qualquer preço. Mas não houve tempo para reagir, Mendès tinha enfim chegado ao clímax de seu discurso. "A outra solução", disse, com um tom absolutamente desprovido de agressividade, "consiste em procurar um acordo político, um acordo, evidentemente, com aqueles que lutam contra nós."

Todo mundo compreendeu imediatamente o que ele queria dizer. A fórmula parecia lógica, afável, até respeitosa, mas para a maior parte dos deputados escondia algo inadmissível. Então Mendès ergueu novamente os olhos e encarou a multidão de seus colegas. Alguns ainda pareciam se debater. "Negociar com o Việt Minh é uma linha vermelha que não cruzaremos jamais", pensavam. Em sua bancada, o governo se agitava. E bruscamente Mendès sentiu todo o sangue de seu rosto desaparecer, teve a impressão de estar à beira de um desmaio. Passo a passo, ao longo de seu discurso, ele tinha se distanciado das posições de seu partido, das posições da imensa maioria da Assembleia, de suas próprias posições, de toda a sua política anterior, daquelas de seu meio, de sua classe social, daquelas da grande coalizão à qual, sem dizê-lo, ele pertencia, daquelas que deveriam lhe permitir ocupar um dia o lugar que ele merecia, que todo mundo concordava então em prever para ele, e que era o primeiro, a presidência do Conselho; e ele sentiu de repente em si como que um branco, uma brecha entre o que ele podia ser e o que ele era, entre o que ele esperava vir a ser e o que ele viria a ser, entre aquilo em que ele acreditava e aquilo que tinha defendido, entre os seus e ele; e a consciência do que acabava de dizer o invadiu então por completo, ele soube que não deveria absolutamente ter dito isso, que era, ainda mais, a última coisa a se dizer, que ele tinha, é certo, dito de um modo hábil, com moderação, nas formas em uso, sem pronunciar os nomes que envergonham, sem falar nem de colonialismo, como Pierre Cot nessa manhã, nem do Việt Minh ou de Hồ Chí Minh, e mesmo evocando respeitosamente *nossos* soldados, *nosso* exército, o desastre de Cao Bằng, com um tom apesar de tudo não muito distante daquele de Daniel Mayer, com um tom que o velho Herriot sem dúvida não teria recusado e, entretanto, havia dito; ele tinha então assumido uma posição nova, radicalmente isolada; e logo soube que não poderia ter dito outra coisa.

Levantou a cabeça. Olhou para o plenário. Nesse momento, seu grande rosto se escancarou. E pareceu que a expressão "eleito pelo povo" queria, às vezes, dizer alguma coisa.

## COMO NOSSAS GLORIOSAS BATALHAS SE TRANSFORMAM EM SOCIEDADES ANÔNIMAS

Pode parecer curioso, mas não havia, e jamais houve, nenhum colono francês estabelecido em Cao Bằng, nenhum bairro, nenhuma vida social europeia, nenhum comerciante empreendedor, nenhum hoteleiro aventuroso, nem um só pioneiro, ninguém. E é preciso acrescentar que não havia, nem nunca houve, nenhum europeu em Đông Khê, nenhum em Lạng Sơn, nenhum em Mạo Khê, nenhum em Lung Phai. A Société des Mines d'Étain de Cao Bằng havia sido constituída em 1905 e, para funcionar, só tinha necessidade de alguns engenheiros, capatazes europeus, só isso, e para se proteger era preciso um posto militar. Em 1911, essa companhia parecia ter sido absorvida pela Étains et Wolfram de Tonquim. Essa sociedade anônima, com capital de 3 milhões e 800 mil francos, possui, como toda pessoa jurídica, o que chamamos uma sede, um domicílio jurídico, bem longe do Alto Tonquim, bem longe de Cao Bằng, mas não muito longe do Palais Bourbon, localizado no boulevard Haussmann, no 8º *arrondissement* de Paris, a dois passos do Banco da Indochina, que detinha sérios interesses no negócio. Dez anos mais tarde, seu capital é de 7 milhões; doze anos mais tarde, de 24 milhões; e na véspera da Guerra Mundial, é de 36 milhões, cifras que dão vertigem. Não é, portanto, por um simples posto avançado perdido na floresta que o exército luta, nem por alguns colonos franceses perdidos, e deveríamos, pelo bem da precisão, rebatizar a *Batalha de Cao Bằng*, sobre a qual se engalfinha o Parlamento, como *Batalha pela Sociedade Anônima de Minas de Estanho de Cao Bằng*; isso lhe conferiria sua verdadeira importância. Mas não é apenas a Batalha de Cao Bằng que deveria receber um nome de mina. A Batalha de Mạo Khê, que aconteceu alguns meses mais tarde, em março de 1951, poderia ser, ela também, rebatizada. Poderíamos perfeitamente chamá-la de *Batalha pela Sociedade Francesa de Minas de Carvão de Tonquim*, e no lugar do corpo a corpo sangrento que relatam nossos livros, deveríamos contar, em um registro menos romanesco mas no fundo mais trágico, como os quatrocentos homens de tropa reforçados pelo 6º batalhão de paraquedistas coloniais, três *destroyers*, dois barcos de desembarque, e de bombardeiros e de caças que finalmente intervieram, respondiam ao pedido comovente que, de Paris, em uma escala invisível para nós e por meio de um jogo delicado de reverberação, tinham-lhes feito os 20 mil hectares nos quais se estendia o domínio carbonífero de Mạo Khê, então partilhados por 78.760 ações. E poderíamos, entrelaçando Homero à economia de mercado, cantar os 393 milhões de capital que os bombardeiros B-26 e os caças Hellcat defenderam valorosamente, já que, sem erro possível, foi bem na direção da mina de carvão que o ataque do Việt Minh tinha sido lançado.

Quanto à Batalha de Ninh Bình, três meses mais tarde, contentemo-nos com celebrar sem ênfase a intrépida *Batalha pela Sociedade Anônima de Minas de Carvão de Ninh Bình*. E a de Hòa Bình, em dezembro de 1951, não teve também um capital e um volume de negócios? E não poderíamos, por sua vez, rebatizá-la de *Batalha pela Sociedade Anônima de Depósitos de Ouro de Hòa Bình*? Compreenderíamos melhor o furor dos combates. E a famosa Batalha de Đông Triều não foi levada a cabo ao mesmo tempo pelo corpo expedicionário francês e pela câmara de comércio do Sena? E os 51 mortos do 6º batalhão de paraquedistas coloniais foram realmente sacrificados pela França ou pelo sr. Pierre-Charles Bastid, membro do conselho de administração das minas de carvão, diretor-geral da Étains et Wolfram de Tonquim, diretor-geral da Étains de Pia-Ouac, engenheiro consultor para o Banco da Indochina, administrador da Établissements Eiffel e da Mines d'Or d'Outre-Mer? Não era por ele que estávamos lutando? E os verdadeiros generais dessa batalha se chamam realmente Jean de Lattre de Tassigny e Raoul Salan? Ou se chamam Varenne, Étienne, Bastid e Moreau-Defarges, membros do conselho de administração da Charbonnages? E não deveríamos então chamá-la de *Batalha pela Sociedade Anônima de Minas de Carvão de Đông Triều*, cuja conta, nº 38056, encontra-se, como sem dúvida todas as outras, no Banco da Indochina, no boulevard Haussmann, 96, em Paris? E é assim que nossas heroicas batalhas se transformam, uma depois da outra, em sociedades anônimas.

## O ALCAIDE DE EURE-ET-LOIR

A sessão continuou até as 19 horas, então foi suspensa, retomada às 21 horas, e até 22 horas não aconteceu nada, absolutamente nada. É claro que os comunistas e o conjunto dos outros deputados se esgoelavam copiosamente, mas na realidade não aconteceu nada notável; era o começo de uma sessão normal. Quando a impressão desagradável se dissipou, quando os argumentos de Mendès evaporaram sob a grande vidraça,[3] os deputados se contentaram em ir e vir de seu púlpito à cafeteria e, uma vez bebido o martíni, em deixar-se levar por um companheiro até o plenário, onde continuavam a falar em voz baixa.

De repente, às 22h10, Maurice Viollette abriu a boca. Ele tinha se inscrito para a discussão geral, e sua vez havia chegado. Era sem dúvida a principal figura política de Eure-et-Loir do século XX, o que ao mesmo tempo diz muito e pouco. O homem que se levanta, nesse 19 de outubro, encarna superlativamente o departamento Eure-et-Loir, um pedaço de Beauce e um trechinho de Perche, composto de indústria, trigo e criação. Prefeito

---

3 *La grande verrière* é uma grande vidraça, de dezenove metros de altura, que ilumina o plenário da Assembleia no Palais Bourbon. Muitas vezes a expressão é usada, metonimicamente, para se referir à Assembleia Nacional francesa. [N.T.]

de Dreux durante cinquenta anos, reina sobre seu departamento, é um Carlos Magno desprezível, um alcaide de Orgères-en-Beauce, o grande homem de Châteaudun. Quando levanta seu corpo ao mesmo tempo pesado e seco, esse corpo estranho dos velhos, Maurice Viollette tem oitenta anos. Já era deputado em 1902. Foi ministro do Abastecimento durante a Primeira Guerra Mundial e governador-geral da Argélia sob o *Cartel des Gauches*. É, portanto, uma autoridade, ou melhor, um monumento que se compõe e se levanta às 22h10, em 19 de outubro de 1950. Mas é preciso, ainda, dar um rosto a essa descrição sumária, é preciso pôr uma cabeça em cima do paletó. Maurice Viollette não tinha nem um pouco, nem o mínimo, a cara de seu nome, ou seja, entre seu nome e sua figura o divórcio era completo. O nome — Viollette — é tão chamativo, doce, até mesmo divertido, quanto o rosto é repulsivo, severo, quase mau.

Maurice Viollette se mantinha em pé, sua mera maneira de ser impunha o silêncio. Representava então o que chamamos, com exagero, de uma autoridade moral. Seu discurso estava destinado a Pierre Mendès France, tinha por objetivo arruinar o efeito produzido por Mendès, lavar a afronta. "No dia em que nossos combatentes da Indochina soubessem que nos aproximamos de seu inimigo", declarou o patriarca com um tom grave, "no dia em que soubessem que pensamos em negociar um tipo de armistício como aquele de 1940, as armas cairiam de suas mãos." Depois acrescentou, enfatizando a frase: "Não! Eu suplico". O centro e a direita aplaudiram, e em diversos bancos da esquerda bateram palmas.

Há um momento na política em que todas as convicções fracassam, em que as boas intenções naufragam. Pouco importa então que se tenha sido um administrador colonial *progressista*, como foi durante um tempo Maurice Viollette, pouco importa que se tenha sido defensor dos direitos do homem, preocupado com o destino dos nativos, pouco importa que se legue em testamento 300 mil francos para sua cidade natal, cujos ganhos deveriam ser distribuídos anualmente às famílias necessitadas do cantão, pouco importa que se tenha doado sua casa burguesa para sua boa cidade de Dreux, pouco importa que se tenham redigido aqueles pequenos codicilos em seu jardim de inverno, entre uma árvore de cravo-da-índia e um abacateiro moribundo, e pouco importa ainda que se tenha gratificado tal ou qual associação de caridade com seu pêndulo Barbedienne, em mármore vermelho e bronze, pouco importa que tudo isso tenha mobiliado seu quarto em Janville, sua casa de fazenda em Dreux ou ornado a sala de espera de seu gabinete em Chartres, o principal está no encaixe perfeito de tudo, o principal está em cada lado das arandelas de sua sala, entre as cabeças de leão segurando um anel com a boca.

Nossa louça, a qualidade de nossas cobertas, nossos anéis de guardanapos e nossas forminhas de gelo prestam testemunho sobre nós da mesma forma que nossas opiniões. Somos as coisas que possuímos. E esse grande fato de possuir nos leva longe, muito longe. Até o ponto em que é necessário ouvir as palavras de Maurice Viollette uma segunda vez para mensurar sua violência: "No dia em que nossos combatentes da Indochina soubessem que nos aproximamos de seu inimigo, no dia em que soubessem que pensamos em negociar um tipo de armistício como aquele de 1940, as armas cairiam de suas mãos".

O importante aqui não é o desânimo dos soldados, a maior parte deles vem do norte da África, como lembrou pouco antes Chérif Djemad, são batalhões coloniais, e sem dúvida não é o amor pela pátria que os enviou para lá, na Indochina. O importante está em uma analogia. Maurice Viollette compara. Ele analisa a atitude de Pierre Mendès France em relação ao passado, avalia a proposição de Mendès aproximando-a de outro acontecimento: junho de 1940.

Assim, sub-repticiamente, assemelha Pierre Mendès France aos partidários do armistício, a Laval, a Pétain. Como é estranho! Como essa comparação é bizarra, desagradável. Aqueles que aplaudiram à esquerda e à direita não parecem perceber. Frédéric-Dupont, vermelho pelas libações realizadas na cafeteria, exulta. Acha sem dúvida normal que se compare o ponto de vista de Mendès ao derrotismo de junho de 1940, como o fará, em sua vez, Edmond Michelet, duas horas mais tarde, renovando o anátema. Michelet vai, aliás, aproveitar sua tirada para bater nos socialistas e chamá-los também à ordem. Depois de tudo, se Mendès tivesse ficado sozinho, fazendo o papel de sentinela moral, não teria sido tão grave, mas ele corre o risco de balançar o grupo socialista, e aí seria a grande coalizão que afundaria.

Edmond Michelet: "A atitude do sr. Mendès France, que foi aprovada, eu repito, pelo grupo socialista, é a do abandono, a de Vichy, em última análise".
Protestos à esquerda e ao centro.
O presidente. "Chamo os senhores à ordem."
Edmond Michelet: "É preciso dizer as coisas tais como elas são". (Novos protestos.) "Afirmo que toda política atual de capitulação na Indochina vai se assemelhar à de Vichy."

É noite. Mendès ouve sem reagir. Recebe o golpe. Mas no interior do homem, atrás de seu real pudor, seu estado contido, uma faísca deve ter pairado sobre a cinza. Talvez ele tenha se lembrado, então, do catálogo da exposição antijudaica organizada em 1941 pela revista *L'Illustration* no Palais Berlitz, na qual, enquanto está em fuga, protegido por um nome falso, disfarçado, guarnecido de bigodes, vestido com um velho terno puído e usando uma boina, ele se descobre com estupor, entre os manequins expostos, encarnando *o Judeu*. Claro, a capitulação, é sempre *Munique* ou *Vichy*, lugar comum da retórica de tribuna, mas nesse caso, endereçando-se a Mendès, cuja vida foi ameaçada, e como homem político, e como judeu, essa acusação é humilhante. É por isso que, quando Edmond Michelet evoca Vichy apontando-a, bem no meio da Assembleia, tranquilamente, seguro de seu direito e talvez de seu efeito, comparando insidiosamente sua posição política com o regime de Pétain, ele traça um paralelo inapropriado, indecente: aproxima Mendès daqueles que tentaram fazê-lo morrer.

Nossos livros didáticos definem a 4ª República por sua instabilidade, repisando a tese de Charles de Gaulle, sem a submeter à prova a partir de fatos. Entretanto, a despeito da valsa dos governos, olhando para a questão mais atentamente, uma furiosa continuidade domina a cena. Os governos da 4ª República são endogâmicos, como se tirássemos sempre os mesmos papeizinhos de dentro do copo de agitar os dados. Assim, Bidault será ministro dos Negócios Estrangeiros dos governos Ramadier I, II, do governo Schuman I, depois será presidente do Conselho, vice-presidente do Conselho dos governos Queuille II, III, de Pleven II, de Edgar Faure I, de novo ministro dos Negócios Estrangeiros de Mayer I, e enfim de Laniel I, se bem que, a despeito das descontinuidades aparentes, durante um período de sete anos ele terá estado quase cinco anos no governo. E poderíamos fazer a mesma constatação para todos, Teitgen, Faure, Pleven, Mayer, poderíamos seguir suas nomeações mais ou menos prestigiosas no seio do edifício governamental, como se suas diferenças, suas oposições cada dia ardentemente encenadas, fossem na realidade apenas variações modestas de uma mesma concepção, porque a república era para eles apenas uma combinação limitada de opiniões, dando-lhes, assim, os papéis principais, solidários, imutáveis, a eternidade no coração do tempo.

Quanto à nomenclatura dos governos, podemos considerá-la uma lista de faraós: Schuman I, Schuman

II, Queuille I, Bidault II, Bidault III, Queuille II. E com Queuille I, Edgar Faure está nas Finanças, Jules Moch no Interior, Schuman nos Negócios Estrangeiros, Ramadier na Defesa Nacional; depois, com Bidault II, Queuille é vice-presidente do Conselho, Schuman fica nos Negócios Estrangeiros, Jules Moch no Interior, Edgar Faure nas Finanças e René Mayer se torna ministro da Justiça. E podemos continuar assim durante horas, horas em que os dez ou quinze membros do clube dos presidentes do Conselho desfilariam, como o zodíaco no céu.

E se ficarmos atentos a essa imensa estabilidade, a esse imenso edifício que é o poder, a essa imensa comunidade de clichês, de interesses e de carreiras, as tiradas dissonantes de Maurice Viollette e de Edmond Michelet recebem de repente um significado mais amplo, não são mais simples indelicadezas, efeitos de retórica isolados, revoltantes ou desajeitados. Porque Viollette é um radical, como Mendès, foi ministro da Frente Popular, como ele, a virulência de seu ataque é, portanto, surpreendente. E então, esse ataque foi retomado duas horas mais tarde por Michelet, que foi da Resistência, como Mendès, não tendo hesitado em salvar judeus durante a guerra, conseguindo-lhes documentos falsos, e que foi deportado para Dachau. Se nos ativermos aos protagonistas, se nos contentarmos em observar cada um deles nos olhos, não entenderemos nada. Para compreender bem o que se passa, é preciso alargar o campo, é preciso contemplar o edifício inteiro, perscrutar a coisa espessa, maciça, alegórica: o Palais Bourbon.

As pedras são frias. A República se mantém sabiamente em seu nicho de mármore. Os pombos dormem sob as frisas. Na frente do grupo de estátuas, os cordões vermelhos impedem a aproximação, defendem o patrimônio. Tudo foi limpo, lustrado. Os legisladores antigos se mantêm nos quatro cantos da sala, às costas dos guardiões. Todas as manhãs uma brigada de empregados de limpeza tira o pó do colo de Jaurès, lava os lábios de Albert de Mun, encera os sapatos de pedra. Assim, nesse 19 de outubro de 1950, não é talvez Viollette propriamente dito que tenta intimidar Mendès, não é talvez Michelet quem pronuncia essas palavras ofensivas, é a própria estabilidade do edifício que os toma por porta-vozes, é o próprio regime político que se dirige a Mendès pela boca deles, que lhes faz solenemente levantar a voz e pronunciar essas palavras estranhas, ameaçadoras.

Maurice Viollette é velho, terrivelmente velho, parece esgotado sob a pálida luz da imensa marquise. Diante dessa multidão de rostos aprovadores, está como uma pluma ao vento, um barco à deriva, deixa-se levar pela simpatia que lhe manifestam. Deputados se levantaram para aplaudi-lo. Não é como para Juge, nesta manhã, ou Chérif Djemad, que ninguém escutava; agora todo mundo está atento, Frédéric-Dupont exulta, Max Brusset exulta, o plenário inteiro está preso em suas palavras. Então, Maurice Viollette se liberta do passado, esquece o rosto de Blum, esquece ao mesmo tempo a doçura e a determinação de Léon Blum, tudo isso se apaga sob os encorajamentos de seus companheiros, esquece as injúrias recebidas, esquece os gritos de ódio — "*Morte para Blum! Blum no paredão!*" —, esquece os canalhas que, em 13 de fevereiro de 1936, atacaram o futuro presidente do Conselho ao sair da Assembleia, lançaram-se contra o carro em que ele estava, arrancando as lanternas, quebrando o vidro traseiro e batendo na cabeça de Léon Blum, logo coberto de sangue; esquece as férias remuneradas, os aumentos de salários que defendeu em outros tempos, a aposentadoria dos mineradores, seu apoio aos republicanos espanhóis, esquece até essa ofensa curiosa que, no entanto, tinham-lhe feito em outro momento, este insulto do pré-guerra: *antifrancês*; e em uma espécie de embriaguez bizarra, esquecendo a difícil impressão que acabava de experimentar, afastando de sua memória o rosto de Blum, o sorriso triste e profundamente inteligente de Léon Blum, que lhe voltou então uma ultimíssima vez no momento de passar à ação, como o sinal indulgente, fraternal do que tinha feito de melhor, esquecendo os filhos que não tivera, as ternuras que não conhecera, as pessoas que amara, os desconhecidos que auxiliara, experimentou uma rigidez desagradável de todo o seu ser e retomou sua arenga com mais vigor:

"Dizemos, sem dúvida: a guerra!", exclama então o velho em uma retomada inesperada. "Mas prestem atenção, para evitar uma guerra, vocês irão provocá-la em todo lugar", rugiu. "Se cometerem o erro de começar as negociações, quer dizer, de render-nos a Hồ Chí Minh, amanhã será preciso render-nos em Madagascar, na Tunísia, na Argélia e, nesse caso", ele rosna frente a uma sala eletrizada, "talvez haja homens para dizer que, depois de tudo, a fronteira do rio Vosges é suficiente para a França. Quando se vai de rendição em rendição, vai-se à catástrofe e até mesmo à desonra." Muitas bancadas manifestam seu apoio com aplausos fortes. As línguas queimam, os parlamentares se animam excessivamente, as boas maneiras derretem como uma barra de sabão. E Viollette enfim termina seu discurso com um alerta assustador, quase fantástico: "Qualquer fraqueza de nossa parte levará ao colapso de nosso país".

Dessa vez os aplausos são vivos, prolongados; tanto à direita, ao centro, como à esquerda. É um sucesso, a peça de teatro deveria continuar; e, de fato, ficará em cartaz por mais quatro anos.

## MEET THE PRESS

A cada dia lemos uma página do livro de nossa vida, mas não é a certa. E a cada dia recomeçamos. Assim, depois do desastre de Cao Bằng, como se um militar de grande prestígio pudesse mudar o rumo das coisas, nomeou--se Lattre de Tassigny alto comissário e comandante em chefe na Indochina. E chega a Saigon no começo de dezembro, treina rapidamente o exército nacional vietnamita e consegue com ele algumas vitórias efêmeras às custas de concentrações inéditas de tropas e de bombardeios de napalm, do qual será um dos primeiros a fazer uso massivo.

Enfim, De Lattre correu o mundo para defender a causa da Indochina, a do mundo livre. Encontrou Truman em Washington, o papa em Roma. Mas o ápice incontestável de sua turnê não é nem sua meia hora na Casa Branca nem sua visita ao Vaticano, é sua participação altamente improvável em um programa político de enorme audiência na NBC: *Meet the Press*.

É com tato, amabilidade e um francês impecável que Henry Cabot Lodge prepara De Lattre nos bastidores. O general lhe confessa suas inseguranças, seu inglês é tão ruim, e, além disso, ele nunca foi à televisão! Cabot o tranquiliza, os debatedores não vão pressioná-lo, a reputação de tribunal que o programa tem é largamente superestimada. Certas questões terão um tom abrupto para o espectador, mas ele não recebeu a garantia de que não sairiam do roteiro de suas intervenções anteriores? É verdade. De Lattre suspira. Apresentam-lhe a equipe de maquiagem, ele aperta mãos sem pensar e então se senta em uma imensa poltrona de couro falso. Uma assistente gira o botão de controle e a poltrona sobe, sobe. De Lattre inclina a cabeça para trás, fecha os olhos. Não há mais ninguém. O barulho para. Nem mesmo Cabot Lodge está mais lá. De Lattre solta os braços nos largos braços da poltrona, sua cabeça pende para trás. Meu general! Por um instante ele pensa estar com a roupa forrada, como está calor! O sol, meu Deus, o sol! Abre um olho, encontra-se em frente a uma fantástica fila de luzes neon, a maquiadora olha para ele, está ajeitando uma gola de lenço de papel em volta de seu pescoço.

De repente, a apresentadora estrela de *Meet the Press*, Martha Rountree, entra no camarim. Diz uma palavra de boas-vindas que De Lattre não compreende. Traduzem-na para ele, embora fosse francês — ela fizera o esforço de aprender uma expressão de polidez. O general se levanta rápido demais e quase cai da grande poltrona; uma vez em pé, repete a todo momento "*I am very pleased to be here*", balançando mecanicamente a cabeça. Sua rigidez é angustiante perto da naturalidade da apresentadora americana. Enfim, depois de algumas afabilidades mudas, Miss Rountree conduz De Lattre ao palco e o convida gentilmente a sentar-se a seu lado. Genérico.

Sob os projetores, em frente aos convidados, De Lattre se sente amolecer, sua barriga dói, a calça o aperta, ele ajusta nervosamente a gravata. Cabot lhe disse que o programa poderia reunir mais de 10 milhões de telespectadores e que seria, sem dúvida, sob o impulso do Pentágono, retransmitido por uns quarenta canais de televisão. Agora, essa excelente notícia lhe dá medo: quarenta canais!

Miss Rountree: "Bom dia, senhoras e senhores, membros da imprensa, e nosso convidado muito especial, general De Lattre. É ótimo que tenhamos hoje ao nosso lado o senador Lodge, porque meu francês não é muito bom". Depois dessa pequena introdução amável, Martha Rountree, a implacável Martha Rountree, com uma voz que encarna perfeitamente o sucesso, a racionalidade, a falsa transparência do jornalismo, com sua linguagem clara e penetrante, engata sem transição supérflua: "Agora, a palavra é do sr. Spivak para a primeira questão".

Spivak: "General, eu sei que esta viagem aos Estados Unidos não é uma viagem de lazer. Vocês esperam de nós uma ajuda para sua guerra na Indochina?".

A questão é direta. Toda a saliva some bruscamente da boca do general. No entanto, apesar de seus lábios estarem colados aos dentes, apesar do nó em sua garganta e da angústia que comprime de forma atroz sua barriga, De Lattre começa a falar: "*I shall answer in one minute. But before will you allow me to say something? My english is poor, very poor*". Mas a transcrição das palavras que ele então pronuncia não dá conta de sua vertigem. É preciso vê-lo e ouvi-lo. Com uma voz vacilante, De Lattre gagueja e se agita: "*You know, I came here in the spirit of a chief, military chief, was as I told you, the responsibility of the great battle...*", e aí... reticências, De Lattre se afunda na areia das palavras, não se compreende mais nada, e ele ainda agita os braços, usa o ar mais combativo que consegue, suas palavras não querem dizer nada, e ele continua sem freios por um tempo, totalmente perdido nessa língua estrangeira, a léguas de quaisquer significados claros, debatendo-se no oceano primordial dos significantes.

Enfim, De Lattre se recompõe, recorda a frase, uma das únicas coisas importantes que ele definitivamente deve dizer, ainda que no meio da pior algaravia, esta frase que seus conselheiros lhe fizeram repetir, repetir, que Cabot Lodge lhe ensinou a pronunciar com um sotaque o menos desastroso possível, a fim de que ele não a esquecesse no palco da televisão. E então ele a recorda, e pouco importa que não seja o momento, é melhor encaixá-la em qualquer lugar do que esquecê-la completamente. Então, com os punhos para a frente, martelando as palavras, De Lattre declama: "*I did not come to ask American soldiers*".

Os espectadores americanos devem ter ficado estupefatos. Era uma farsa, uma piada! Até o volapuque é falado por vinte pessoas no mundo, mas o inglês de De Lattre só tem um falante, o próprio general. E aqui ele fala ao vivo para 10 milhões de americanos, traduzamos: "Vocês sabem, vim aqui no espírito de um chefe, chefe militar, como eu disse, a responsabilidade da grande batalha, mas também a responsabilidade do destino e da vida de seus súditos". Que algaravia prodigiosa, é maravilhoso, a vertigem do nonsense. É de repente a História em pessoa que fala, com sua glote em forma de pêndulo e seus dentes que laceram. No entanto, o espectador, auxiliado por inumeráveis comentaristas, reterá o essencial, a saber: De Lattre não está aqui para pedir soldados americanos, mas material. Aí está como tornar simpático esse general Tapioca de tom azedo, ele não vem para levar nossos filhos!

A entrevista continua, os ponteiros andam e Spivak se inclina para a frente, com um movimento enérgico, como se ele fosse agora fazer exatamente *a* pergunta que queríamos fazer. Spivak é bom, de fato muito bom, sabe perfeitamente dar a sensação de que vai ser direto, sem usar luvas, e o tipo de retraimento que se sente em seu olhar parece uma garantia de imparcialidade: "O senhor pode nos dizer agora qual é a importância da Indochina para nós, americanos?".

Como sempre, a questão tem algo de abrupto, mas na realidade ela foi feita sob medida. Pode-se dizer que ela foi redigida pelo serviço de comunicação do Exército. No entanto, De Lattre se enlameia, procura suas palavras. Nesse momento, qualquer palavra daria conta, uma palavrinha esquecida, até um espasmo, um suspiro. De Lattre avança no deserto da linguagem, lá, entre a areia das palavras e o vento do sentido. Caiu em uma espécie de tempestade surda. Nenhum barulho. Mas onde estão, então, as palavrinhas que Cabot Lodge lhe ensinou, laboriosamente aprendidas, e que ele lhe fez repetir uma última vez, em frente ao banheiro, agora há pouco? Procurando-as desesperadamente em sua cabeça, passa a mão nos cabelos, mas o laquê é muito pesado e seus cabelos estão grudentos. Então, como se emergisse bruscamente da água, o general retoma sua respiração e acrescenta: "que a Indochina é peça chave do Sudeste Asiático e está cercada...".

Ufa. O argumento é quase claro. Os jornalistas estão aliviados. Mal se felicitaram secretamente por terem voltado ao padrão de transmissão de um programa de grande audiência e o general já se enrola de novo. Mas o que deu nele para continuar a falar, aquilo era suficiente! Spivak tenta recolocá-lo nos trilhos, reajustando sua bela gravata de listras, e lhe lança uma boia salva-vidas: "O senhor acha que, se a Indochina cair, todo o Sudeste Asiático está perdido?".

De Lattre: "Sim, eu acho. Se o senhor quiser, posso explicar por quê".

Não, na verdade não. Os câmeras realizam seu balé em silêncio, saltitam entre os fios, avançam na ponta dos pés. Mas Spivak não pode fazer seu papel de prestidigitador sozinho, ficaria óbvio demais, seria acrobático demais, ele precisa de um parceiro e é aí que Cabot Lodge intervém. Seu papel é prático, neutro, parece prestativo, como se o único interesse que tivesse no negócio fosse ajudar um velho amigo e servir de intérprete nos palcos de televisão.

Então, como se desejasse obter uma precisão necessária, como se falasse em nome daqueles que ainda não dispõem de informações suficientes e que desejam, o mais honestamente possível, saber mais, Cabot Lodge pergunta a seu velho companheiro: "O senhor acha que isso é tão importante para nós quanto a Coreia, por exemplo?".

E então, apesar de o general ser desajeitado, vertiginosamente desajeitado, consegue segurar uma mão firme como essa; afinal, eles não tinham ensaiado o número a dois?

De Lattre: "Eu acredito que não há apenas um paralelo entre a Coreia e a Indochina", ele declara de repente, com ar douto. "É exatamente a mesma coisa." Nesse instante, De Lattre mantém seu número, poderá pronunciar algumas palavras fáceis, mas pesadas de sentido. Faz grandes gestos bizarros, com eloquência lírica um pouco dura. "Na Coreia", acrescenta, certo de seu efeito, "vocês lutam contra os comunistas. Na Indochina, nós lutamos contra os comunistas." Às vezes as comparações mais simples são as mais surpreendentes. "A guerra da Coreia, a guerra da Indochina, são a mesma guerra." *Voilà*.

\*

Nossa, como é longo um programa de televisão, e como faz calor nos estúdios da NBC, e esses técnicos que se mexem sem parar, não podem ficar parados! De Lattre está tenso, terrivelmente tenso. A luz está queimando. Os projetores mudam de lugar como luzes errantes.

Enfim, McDaniel assume as questões. Dirige-se ao general com doçura, mas sua pergunta é um pouco mais difícil do que o previsto: "Há um ano ou dois, a guerra da Indochina, segundo o que sabemos, não era popular em seu próprio país...".

General De Lattre: "Responderei com muita clareza. Veja, enfrentamos na Indochina neste momento uma guerra que é absolutamente desprovida de interesse material para meu país. Demos às nações associadas sua independência e digo com toda a minha lealdade que essa independência não é uma palavra, mas um fato real".

Pronto, De Lattre conseguiu pôr em seu discurso esta palavra essencial: *independência*. E isso sem que a expressão *guerra colonial* precisasse ter sido pronunciada. A ocasião é então boa demais, o senador Lodge aproveita a oportunidade e, com sua voz mais clara, mais doce, reformula com uma aparente questão o essencial da proposta, a mensagem que os espectadores devem reter, e com uma voz firme, mas altiva, a dos Cabot, realizando uma operação extremamente delicada, avança: "Os Estados da Indochina são agora independentes, é isso que o senhor quer dizer?".

Eles são feitos para isso, os Cabot, desde que seus ancestrais pousaram de uma vez por todas as ancas em uma poltrona confortável depois de ganharem grana suficiente para não fazerem mais nada por uma boa centena de gerações; desde que fazem parte da alta sociedade, eles tagarelam. E é preciso ter ouvido Henry Cabot Lodge discursar nas Nações Unidas para saber o que é uma língua prepotente, característica, para sentir bem como o francês do pobre De Lattre, mas o nosso também, e o espanhol, e o russo, e mesmo o chinês, não são dali em diante mais do que idiomas folclóricos, dialetos rebaixados pela voz superiormente quente e glacial dos Cabot ao nível de fenômenos locais, provincianos.

É então que, como profissional irretocável, Martha Rountree muda de tom para uma nota patética, breve mas eficaz, e fustiga bruscamente o general: "Seu próprio filho foi morto, general".

"Sim", responde De Lattre.

"Foi recentemente, não é?"

"Na noite de 30 de maio."

A chuva corre nas vidraças. A chuva de Saigon. A chuva. O general está sozinho agora, em um barquinho que apodrece ao longo do rio. A bruma invade o estúdio, o vapor condensado corre nos refletores. De Lattre fixa os olhos em um ponto invisível. Mas o programa continua. Expõem a vida privada, e depois a guardam como se fosse um pedaço de queijo. E as questões se sucedem, e De Lattre responde, perde-se, responde, afunda-se na língua inglesa como na floresta tropical. Por fim, a propósito do desenvolvimento de um exército vietnamita, Cabot o empurra gentilmente para suas trincheiras, exigindo que ele exagere o papel de líder de tropa, procurando destacar seu registro viril, que, sem isso, acabaria cansativo: "O senhor diz que são bons soldados e que o senhor poderá fazer desses nativos, paraquedistas?".

"Paraquedistas?", exclama De Lattre. "Acho que não há juventude no mundo tão pronta para transformar-se tão rapidamente em paraquedista." Mas uma vez que esse elogio simples é proferido de forma desajeitada, ele não pode evitar fazer uma piada ruim sobre o tamanho dos indochineses, que, muito leves, demoram um tempo a mais para chegar ao solo. Nesse momento, abre-se a porteira, percebe-se o racismo comum ao exército, e repensa-se então naquela pequena nota escrita três anos antes, depois de um informe de seu velho camarada, o general Valluy, em que De Lattre escreveu: "Há o problema indochinês — (laosiano) (cambojano)... fraco, muito diferente dos macaquinhos que são os anamitas".

Depois de uma nova série de perguntas, o programa termina. Miss Rountree interrompe o general em um bom momento, em um momento conclusivo, apesar dele. Ela agradece com polidez a De Lattre e ao senador Cabot e, enfim, cumprimenta o general por seu inglês.

## UMA SAÍDA HONROSA

Assim, a guerra, e sua litania de violências, durava desde o começo de nossa conquista, tendo em vista que os povos não estão acostumados a serem subjugados. Mas a partir de 1945, com o declínio de nossa força, tornou-se mais e mais difícil mantê-la, e depois do desastre de Cao Bằng o destino da colônia parecia selado. Definitivamente, a guerra custava caro demais. A opinião pública se cansava. As magras vitórias obtidas por De Lattre tinham precisado de uma mobilização excepcional para um resultado irrisório. E então De Lattre morreu, de modo que foi preciso encontrar coisa diferente. Ora, a expressão que mais se ouvia, a resposta que voltava continuamente, o refrão que se repetia sem parar, o que se batizaria hoje em dia de chavão, era a esperança de *uma saída honrosa*. Mas havia uma sensação de embaraço. Fazia oito anos que se batia na tecla da linguagem das responsabilidades. Adotou-se, portanto, mais uma vez, uma atitude das mais solenes, porque, para esta tarefa difícil — relançar a guerra para terminá-la e reconquistar a Indochina antes de deixá-la —, era preciso encontrar alguém. Sete comandantes em chefe tinham se sucedido. Houve o grande Leclerc, Valluy, Salan como interino, Blaizot, Carpentier, De Lattre e de novo Salan como interino. Nomeou-se, então, um oitavo: o general Henri Navarre. Foi nomeado para encontrar uma solução inencontrável, em um posto que mais ninguém queria.

Henri Navarre era culto, firme, seguro de si e frio, segundo contam. Sua mãe era, por um lado, parente de Murat e, por outro, de gente que tinha refinado açúcar em Calvados e enriquecido. Essa dinastia burguesa havia sido, alternadamente, republicana moderada durante a República, depois conservadora durante o Segundo Império e, em sua queda, havia apoiado Ferry. Diz-se que foram proprietários de cerca de quarenta imóveis em Paris e se atrapalharam em diversas manipulações na Bolsa. Diz-se ainda que uma de suas avós, quando viúva, instalara-se sozinha em um pequeno dois cômodos perto de Saint-Lazare e financiara, com seu dinheiro, alojamentos operários; bendita seja.

Até sua maioridade ele foi *cornichon*,[4] i.e., aluno do curso preparatório na escola militar em Saint-Cyr, na cavalaria. Tinha aprendido a montar em cavalos na propriedade de seu avô, entre aleias de plátanos e fileiras de cercas vivas. Recebeu a Cruz de Guerra em 1918, serviu na Síria, na Alemanha, e diz-se que elaborou, em 39, um projeto de atentado suicida contra Adolf Hitler. Então seguiu Weygand em Argel antes de entrar na clandestinidade em 42. Depois da guerra, esteve na Alemanha e na Argélia, então de novo na Alemanha e, em maio de 53, foi nomeado comandante em chefe das Forças francesas na Indochina. Ele pega seus trecos e deixa a França. Ia fazer 55 anos. Assim o encontramos, inteligente, com uma grande clareza de exposição, um pouco altivo, talvez; os

---

4 *Cornichon* é um pepino para conserva. Os alunos do preparatório desse tradicional colégio eram chamados assim. [N.T.]

ministros viam nele um militar refinado e que sabia se comportar em sociedade. Henri Navarre era baixo. Não muito baixo, mas me parece que bem baixo. Sei disso por uma fotografia em que ele coloca uma medalha no peito de Cogny. Tem uma cabeça a menos e proporções de menina, seu rosto está curiosamente contraído. Mas quem era Navarre? Eu não sei. Ninguém sabe, mesmo se dispusermos de todos os documentos, cartas, notas, obras, fotografias, mesmo se tivermos vivido trinta anos na mesma cela, mesmo se tivermos sido seu pai, seu filho, sua esposa, mesmo se tivermos sido o próprio Navarre, talvez não saibamos muito mais, ao menos não o suficiente. Nem mesmo um livro inteiro bastaria para expor cada característica, hesitação, abatimento, frustração, teimosias bizarras de um só dia de Henri Navarre; não que o fundo esteja oculto ou seja muito complexo, ou envolvido em mistério, mas um não sei quê desliza por todo esse homem como areia em nossos lençóis. Um comandante em chefe é uma mistura de honra mal colocada, de pequenos sofrimentos, grandes orgulhos, no fundo como todos nós, mas tudo isso arrumado em um uniforme, e remodelado, dissimulado, vestido de valores ultrapassados que, hoje, temos dificuldade de saber o que poderiam ser. Em 1953, acaba-se de sair do Antigo Regime. Sim. Nas Forças Armadas, ainda estávamos nas esporas da cavalaria. Dou um exemplo. Em 44, Navarre disputou uma corrida. Os blindados do capitão De Castries, sob suas ordens, tomaram Karlsruhe 24 horas antes de De Lattre, que jamais o perdoaria. Tadinho.

## UMA VISITA AO MATIGNON

O general foi levado, então, até o palácio do presidente do Conselho. Ao longe, trovoava. A Place de la Concorde lhe pareceu pequenina. O Obelisco era feio. Atravessando o Sena, entre duas cortinas de chuva, passou e repassou em seu coração toda uma série de coisas que poderia ter dito. Navarre sentia seus pezinhos, que doíam nos sapatos novos que calçara nesta manhã; arrependeu-se disso. Pôs sua mão bem cuidada no apoio de braço de couro. Um sinal vermelho parou o carro bem em frente à Assembleia, gotas de chuva no vidro tampavam sua fachada, Navarre fez um gesto bobo para enxugá-las.

Passado o portão monumental do Hôtel Matignon, estacionaram no pátio. O general Navarre desceu com leveza do carro, jogando em um só movimento as duas pernas para fora da cabine, depois balançando seu pequeno corpo no exterior.

O presidente do Conselho, René Mayer, recebeu o general. Era um homem de ombros largos, grande, afável, um homem de negócios metido na política. Navarre se viu de início gratificado por toda uma sinfonia de boas palavras, ouviu-as gravemente. Deram uma voltinha no parque. Mayer levou o general para a aleia de tílias. "A situação na Indochina é simplesmente desastrosa", admitiu. "A guerra está, por assim dizer, perdida. Quando muito, podemos esperar encontrar *uma saída honrosa*."

Passada a aleia de tílias, o presidente do Conselho levantou a cabeça e, com um tom brusco, mas caloroso, declarou ao general que *ele podia, absolutamente, contar com ele*; depois, modesto, como se voltasse a respirar na superfície, com o ar lisonjeador que adotava com frequência, lançou um olhar para Navarre, segurando seu cachimbo apagado na mão, em um tipo de cálculo instintivo entre um toque de familiaridade não desprovida de charme e a dignidade de sua função. "Ainda que eu tenha perfeitamente consciência da dificuldade da missão de que encarrego o senhor", murmurou, "devo, contudo, preveni-lo contra toda demanda intempestiva de reforços." Pronunciou essas últimas palavras como se a má notícia acrescentasse um elemento insigne à confiança que lhe testemunhava.

Seus passos pisavam o imenso gramado. O presidente do Conselho falou ainda da "missão exigente" que esperava Navarre; depois, virando-se lentamente para ele, acrescentou que sua grande experiência militar lhes era "indispensável". Navarre acreditou nele. Sentiu um peso morto se dissipar dentro de si e se viu crescer em sua própria estima. Enfim, Mayer anunciou claramente a Navarre sua nomeação. Este emitiu algumas reservas. "Não conheço o terreno", disse. "Justamente", disse-lhe Mayer, "lá você vai ver melhor."

## O PLANO NAVARRE

Algumas horas mais tarde, no banco de trás do carro que o levava ao aeroporto, Navarre quase se espantava com o fato de que a Providência tivesse demorado tanto tempo para lhe oferecer esse posto. Desde sua chegada à Indochina, soube que, depois de Salan, uma retirada geral era preparada. Os membros da equipe levada por De Lattre estavam todos prontos para voltar para a França; era o salve-se quem puder. Deixaram claro que seu comando não suscitava muito entusiasmo, que apenas De Lattre poderia ter tido sucesso na missão perigosa que acabava de lhe ser confiada. Sentiu um arrepio de ciúmes. Não deixou transparecer. Mas adotou um tom mais firme.

Perseguido pela corrente do ar-condicionado, Navarre passa e repassa a mão pelos cabelos grisalhos e lisos. Seu rosto está límpido e flácido. Sente muito calor, mas o ar-condicionado lhe irrita a garganta, seus pequenos olhos cor de avelã pousam sobre todo mundo sem se fixar. Entre os oficiais superiores, o general Cogny, comandante da zona ao norte do delta, foi-lhe calorosamente recomendado pelos membros do governo. Sem saber muito o que fazer, Navarre decide se apoiar na única alta patente que não vai partir. Quando anuncia ao general Cogny sua promoção a general de divisão, o colosso em bermudas lhe diz, em um acesso de emoção: "O senhor não se arrependerá disso!". Mas Navarre é pouco sensível à gratidão dos subordinados.

Depois de algumas semanas inspecionando as unidades e observando os mapas, o general em chefe teve de súbito a impressão de conhecer suficientemente o terreno. A Indochina era, no momento, um simples mapa de base: ele descobriu e localizou rios, montanhas, imensas florestas. A Indochina se mantém lá, sozinha na sua frente, quadriculada. Ele a olha; lentamente as convenções gráficas lhe parecem realidades, e ele se desloca sem dúvida de um mundo de estudo para seu fantasma. Nesse momento, a Indochina é o epicentro de alguma coisa, uma angústia, um desejo afásico, silencioso, avaro.

O primeiro ato de seu plano se desenrolaria durante a campanha de 1953-4, que mal havia começado: tratava-se de evitar um enfrentamento direto, de desenvolver um exército local para apoiar nossas tropas e reconstituir um grande corpo de batalha móvel. O segundo ato teria lugar no ano seguinte: utilizando esse corpo de batalha, que teríamos tido tempo para formar, seria necessário infligir ao inimigo um revés tal que a posição da França seria vantajosa para uma negociação — a famosa *saída honrosa*. No que concerne à estratégia que viria do Việt Minh, o general formulava três hipóteses à margem de seu plano: seja uma deflagração sobre o delta do rio Vermelho, seja uma progressão para o Sul, seja um avanço na direção do Alto Laos. Essa última hipótese era a mais dolorosa. Foi sobre ela que se mencionou pela primeira vez o nome de Điện Biên Phủ.

Em julho, em sua volta para a França, o general Navarre expôs seu plano para o comitê dos chefes do Estado-maior, e depois diante do comitê de Defesa Nacional. Fumaram alguns bons charutos, e um pouco de conhaque aqueceu os corações. Muitos crânios carecas formaram um círculo em torno de um pequeno mapa. Navarre resumiu. Disse algumas palavras em memória de seu pai, o velho professor de grego, falou, sorrindo, um pouco do Peloponeso; enfim, do javali de Calidão, moveu-se imperceptivelmente para o Việt Minh. As cerdas do animal, tão rígidas quanto lanças, tornaram-se ao longo das frases uma ameaça concreta, seus grunhidos roucos, descritos por Ovídio, à medida que Navarre expunha seu plano, evocavam os ataques cada vez mais numerosos no delta, seu hálito quente na folhagem encarnava as novas armas que o Việt Minh podia ter. Cada um se encolheu em si mesmo. Tossia-se. A explicação era elegante.

Depois de longas e confusas discussões sobre as questões levantadas pela exposição detalhada de seus projetos, os membros do comitê concordaram, juntos, que se o plano parecia realmente uma pequena joia, uma obra-prima de prudência e de estratégia militar, era, no entanto, "caro demais". Ah, sim, é preciso sempre contar as moedinhas, não se pode nunca jogar bombas em tudo que passa sem ter de pagá-las um dia ou outro, enviando um chequezinho ao fabricante de armas. Eles o cumprimentaram, mas lhe pediram que revisse seu plano *para baixo*. Lembraram-se da ajuda americana, já bastante elevada, ainda mais generosa depois da turnê do general

De Lattre, já que a América desde então financiava 40% do custo da guerra; iriam, claro, solicitá-la de novo. Mas, esperando, era necessário um plano mais econômico, um plano mais barato.

Ele não poderia, fazendo alguns esforços, alguns difíceis — mas é preciso se dobrar às restrições orçamentárias —, ele não poderia considerar um plano mais modesto, barato? Pediram ao general Navarre que refletisse. Mortificado, ele voltou para Saigon no início de agosto, a fim de formular novas proposições. Encolher as asas de sua grande quimera era repugnante para ele. Quis então pensar em outra coisa, divertir-se; e as cerimônias se sucederam freneticamente durante a primeira parte de seu reinado. O comandante em chefe de início alfinetou condecorações em todos os peitos disponíveis. Uma palma a mais sobre as cruzes de guerra de Cogny, de Gilles, de Ducournau e de Rabertin. Deus! Como ele adorava se levantar na ponta dos pés até chegar aos seus peitos fortes! Navarre tinha um ar de menininho, ele era aplicado.

Ao final de outubro, Navarre recebe notícias estranhas. O Estado-maior Việt Minh parece ter desistido do ataque do delta e lançou a divisão 316 em direção ao Laos. Dessa vez, pronto, o fantasma toma forma, as mesas giram, o mato alto lhe cresce entre as pernas! Não há nada que ele, Navarre, possa fazer quanto a isso, é a realidade que o move, tudo parece ir para o lado de suas más inclinações. A França acaba de se comprometer a defender o Laos; e Navarre imagina que o silêncio governamental deve ser decifrado. Acreditou então ouvir uma voz, um fiozinho de ouro em que brilhavam palavras estranhas. E o que dizia essa voz? Murmurava: "Vá para o coração da grande floresta. Impeça o Việt Minh de ocupar os campos de arroz de Điện Biên Phủ. Não esqueça que é o único vale em toda essa floresta, que é o cruzamento noroeste!". Navarre não acredita em seu cérebro reptiliano, sente uma vertigem. Sim, é uma revelação: é preciso cobrir o norte do Laos. Ainda temendo um ataque no delta, o general Cogny não quer que lhe tomem todas as tropas e defende de início uma pequena operação, um Điện Biên Phủ em miniatura. Mas Navarre já viu sabe-se lá que imenso animal carniceiro, viu raças extintas, as flores colhidas na primavera, o verão severo, o outono triste. Quis conhecer uma infinidade de tristezas e de glórias. E de repente tudo se acelera, Navarre passa muito rápido de um Điện Biên Phủ em primeira versão, considerando que barraria o Việt Minh em rota para o Laos, para algo mais arrojado. Ele precisa de um campo entrincheirado. Não um negocinho onde ficamos entediados, não, uma cidade de lona e de arames farpados. Cogny se defende, fala de um triturador de batalhões; mas Navarre não dá a mínima para Cogny agora, é como se sua resistência reforçasse seu desejo. Ele teme perder uma vitória. Assim os homens se encaminham na direção dos desastres gigantescos.

## A INSTALAÇÃO

O vale de Điện Biên Phủ sem dúvida já tinha visto passar muitos homens: tropas francesas, japonesas talvez, decerto chinesas, os cornacas do Sião, a caravana de Marco Polo. Mas atualmente, desde há muito, o vale estava calmo, ali se cultivava arroz, espinafre, mamão. Os bois pastavam em torno do rio, companheiros fiéis e bonachões. E eis que, bruscamente, porque um general francês nascido em Rouergue tinha decidido marcar um encontro com o fantasma das batalhas aqui, íamos rastelar todo o vale, enchê-lo de bunkers, destruir dezenas de vilas, expulsar uns mil habitantes para as colinas, cortar as árvores e queimar as plantações. Íamos aniquilar totalmente as lembranças, os costumes, os caminhos em que os amantes se encontravam, frágeis muretas em que as crianças escondiam minúsculos tesouros.

Na sexta-feira, dia 20 de novembro de 1953, viu-se cair do céu um punhado de corolas, pequenos círculos de telas azuis, leves águas-vivas, flutuando acima do vale luxuriante. Os camponeses viram cair pétalas de flores, cerca de 1,8 mil pétalas, com duas baterias de artilharia aerotransportadas e dois conjuntos de morteiros pesados. No dia seguinte, um trator de esteira caiu do céu... Logo em seguida, o trabalho começou. A questão era nivelar a antiga pista de pouso que o Việt Minh tinha destruído. Em um filme militar, pode-se ver os soldados, o torso nu, divertindo-se ao conduzir uma escavadeira pelos campos. No entanto, a batalha começara no dia anterior: onze mortos entre os franceses, cem do lado do Việt Minh. No final de janeiro, tudo está pronto. O posto de comando está enterrado. Cavaram-se abrigos, traçaram-se trincheiras, imensos rolos de arame farpado foram estendidos em volta. Dez mil homens já vivem aqui. E todos os dias são entregues tanques, jipes, caminhões, hospitais de campanha, exemplares da *Playboy* e caçambas de conservas.

## CHRISTIAN MARIE FERDINAND
## DE LA CROIX DE CASTRIES

Fala-se de um dom Juan de fim de semana, de um armário cheio de lenços amassados e dívidas de jogo. Sim, conta-se que ele paquerava, esse Marie Ferdinand de La Croix de Castries, que seu corpinho magro se retorcia em posições inacreditáveis, mas sempre as mesmas, na ponta dos pés. Claro, ele não precisava da escadinha, esse Marie Ferdinand de la Croix de Castries, ele se virava sozinho para cobrir suas americanas. Usava um lenço vermelho no pescoço e, enquanto elas esgoelavam suas palavras de amor, segurava uma bengala de turfista na mão. Mas, uma vez tendo esvaziado seu saco de esperma, Marie Ferdinand de La Croix de Castries colocava docemente sua bengala ao lado de seu sabre malaio; isso era de encher os olhos. Ah! Era um tipo bizarro, esse Marie Ferdinand de La Croix de Castries. Contam que ele ouvia com um ar tranquilo as mais dramáticas conversações e que adotava um ar sério para as questões secundárias. Contam também que ele perambulava à noite, cantava mal, dançava mal, e que se comportava mal, sentado com os durões. Quantas vezes ele quebrou com os dentes uma caneca de cerveja? Quantas vezes ele ouviu quebrar entre seus maxilares — descendentes de oito tenentes-generais – cacos de vidro? E quantas vezes engoliu essa sopa horrível pelo prazer de alegrar um grupo de moças ou de calar o bico de dois idiotas?

A família De La Croix de Castries tinha tido um ou dois arcebispos, um marechal, uma aliança com os Mortemart, um cavaleiro da ordem de Malta e até mesmo a esposa de um presidente da República. Quem bate isso? No entanto, um outro Saint-Simon, mais esnobe e mais malvado ainda do que o velho canalha torceria o nariz, pois a família dificilmente remonta a 1469, até Guilhem Lacroix, usurário que se fez nobre. Se descemos mais alguns degraus, é graças à insaciável curiosidade de Pierre Burlats-Brun que, em *Héraldique & généalogie*, faz descender primeiro Guilhem Lacroix a Jean Lacroux, que já destoa, depois de Jean a Raymond e de Raymond a Johan Le Cros, *pescadeiro*, o que, quando se conhece o orgulho dos Castries, é engraçado, e, quando ouvimos falar de sua humildade eterna, é tocante.

Os Castries tiveram, portanto, um ministro da Marinha, punhados de duques e de marqueses, e estiveram, até há pouco, sentados, na pessoa de Henri de Castries, na confortável poltrona de couro de presidente e diretor-geral da seguradora Axa, que é como uma nova arquidiocese ou outro Ministério da Fazenda. Henri de Castries estudou na Escola Nacional de Administração, é católico, mecenas dos Escoteiros da França, e não é um ideólogo, ah, não, Henri de Castries é de direita, mas considera seus antigos colegas de turma, socialistas, frequentáveis. É esposo de Anne Millin de Grandmaison, sua prima... o mundo é tão pequeno. Sétimo na hierarquia angélica entre os patrões mais bem pagos, entre Pinault e Mestrallet, ele ganhava, à testa do famoso grupo, 950 mil euros fixos, em nome do Pai inominável, 2.034.171 euros como parte variável em nome do Filho sacrificado, e o resto, jetons de presença, pequenos dinheiros, em nome do Espírito Santo, a menor figura da Trindade: 86 mil euros e uns trocados, resumindo, quase um salário de professor. E, entretanto, eles são como nós todos, no fundo, os Castries, foram sobretudo comerciantes, peixeiros, e têm em sua árvore genealógica invisível centenas e centenas de mendigos de todo tipo e dezenas e dezenas de milhares de caçadores coletores. Mas, como sempre, uma bela herança é considerada um destino, e Christian Marie Ferdinand de La Croix de Castries a compreendia naturalmente assim. Siga, cocheiro! É ele quem vai comandar a base de Điện Biên Phủ, é a ele que Navarre confia o comando do campo entrincheirado. Oh! Isso não o diverte muito, Marie Ferdinand de La Croix de Castries prefere os grandes espaços, a guerra de movimento, a cavalaria; mas acaba aceitando. Agora, aí está ele em seu abrigo atapetado por esteiras e sacos de terra, em frente a seu ar-condicionado, amassando papéis imbecis, mordiscando alguns lápis. Olha o mundo através de um mosquiteiro. Para onde foi a pequena espanhola com quem ele cruzou no mês passado? E os vietnamitas, o que eles fazem? Cospe uma ponta de lápis no cinzeiro, depois decide ir dar uma volta. À noite, o coronel De Castries janta com alguns oficiais. Depois volta ao posto de comando. A lua ainda não apareceu.

Faz frio. Passa a palma da mão em sua cabeça raspada. Nessa noite, alguns riscos púrpura laceram as colinas; ouvem-se tiros de metralhadoras. O coronel, um pouco alto, esvazia uma segunda garrafa. De manhã, a neblina cobre o vale. Na casamata, o coronel se entedia.

# CERCO

Lentamente, o acampamento foi cercado. Não se tinha visto, por assim dizer, nada chegar. Em 7 de dezembro, a trilha Pavie é cortada. Fica impossível deixar o acampamento sem sofrer grandes perdas; porque em toda volta está a floresta, a selva. E Navarre não tinha previsto isso. Lá no quartel-general de Hanói, ninguém sabe disso! Quanto a Marie Ferdinand de La Croix de Castries, que conhece a situação, ele parece acreditar que uma vitória é possível, parece acreditar — mordiscando seu chicote ou sua régua — que vai poder sair bruscamente de seus dois metros sob a terra, e o quê? Não sabe bem, hesita... flagelar as manadas de búfalos no sol, perfurar a pele cinza dos arrozais, esburacar as abóbodas dos bambuzais! Entretanto, as tropas enviadas em reconhecimento conseguem apenas atravessar os limites do acampamento. Enquanto nos mapas do Estado-maior as flechas vagabundeiam, saltam rios, atravessam os desfiladeiros, aqui, em Điện Biên Phủ, tudo está quieto. Uma flecha pode facilmente cruzar uma colina em uma escala de 1 para 25 mil, atravessar um riacho em uma escala de 1 para 25 mil, escalar uma montanha em uma escala de 1 para 25 mil, e a mão pode então plantar ali sua bandeirinha de papel. Mas em Điện Biên Phủ, as bandeirinhas ficam no cartaz, e os riachos não são mais 25 mil vezes menores, eles são de seu tamanho real, e as colinas estão cobertas de arecas e de mato, e o que lá, na mesa de Navarre, mede, digamos, um centímetro, aqui mede 25 mil vezes mais! E 25 mil centímetros, pois bem, isso dá igualmente 250 metros, e 250 metros de selva, 250 metros de declives abruptos, 250 metros cortados por falésias, 250 metros de Việt Minh, isso não é a mesma coisa que um centímetro de papel. Em vez de confeccionar mapas na escala de 1 para 25 mil, o Estado-maior francês deveria fazer mapas mais vastos do que o vasto mundo, onde os rios seriam mais intransponíveis do que os rios e onde as colinas seriam mais acidentadas do que as colinas. Porque, embora possamos jogar 127 toneladas de bombas no *ponto Mercúrio*, coordenada nevrálgica para o abastecimento do Việt Minh, as bicicletas, empurradas por antigos *coolies*, vestidos com tecidos ordinários e calçados com sandálias, retomam logo a estrada, abrindo toda uma nova malha de novos atalhos, apesar de seus carregamentos de sacos de arroz e de morteiros.

Um pouco inquietos, os últimos parisienses visitam Navarre e depois o entrincheirado. Querem ter uma ideia. Navarre os recebe em Hanói, em um *battle-dress*, mantendo na mão uma varinha de junco. Ele terá direito à visita do sr. Jaquet, o secretário de Estado encarregado das relações com os Estados associados. Não sei em que ele pensa, o Jaquet, enquanto Cogny lista as ameaças que se acumulam no acampamento entrincheirado, não sei se seu cachimbo faz as mesmas nuvenzinhas brancas que Corot e Daubigny, porque ele é prefeito de Barbizon, o Jacquet, e sem dúvida prefere um restaurante medíocre a qualquer refeitório de oficiais, e sem dúvida não se sente muito à vontade entre esse grande bruto do Cogny e o pequeno Navarre, com expressão tensa, mudo. Depois ele vai para Điện Biên Phủ, o Jacquet, faz perguntas, não parece convencido. Mas em torno das quatro horas da tarde é preciso voltar, o Việt Minh pode atacar. Teremos passado duas horas e meia em Điện Biên Phủ, e será bem difícil de se ter uma ideia depois de uma visita tão curta. Então o sr. Pleven é enviado. Ele já foi, grosso modo, nove vezes ministro e duas vezes presidente do Conselho. Conhece uma parte disso. Em 7 de fevereiro, o sr. de Chevigné, secretário de Estado da Guerra, precede-o em Điện Biên Phủ. Em 8 de fevereiro, na escala em Nice, Pleven cruza com Jacquet, que está voltando para Paris. Trocam suas impressões em torno de um café, e não é interessante. Enquanto isso, em Điện Biên Phủ, o que Chevigné vê? Um penico. Sim. Vê que a guarnição ocupa *stricto sensu* o fundo de um penico. E vê que o Việt Minh ocupa as bordas do penico. Tudo isso é uma chateação. Para uma espécie de demonstração, a fim de agradar Chevigné, cuja filha se casou com Castries, e cuja avó foi a famosa modelo da duquesa de Guermantes, o coronel lançou dois batalhões no assalto das colinas, sustentados pela artilharia e pela aviação. A ideia era destruir um canhão de 75 milímetros que atira periodicamente sobre o acampamento. Os dois batalhões de paraquedistas deveriam escalar a cota 781 com o apoio de carros de combate e da artilharia. E o que aconteceu? Pois bem, eles mal conseguiram escalar as bordas do penico em alguns quilômetros e, depois de terem suportado fogo cerrado, apesar do apoio da aviação, foram forçados a dar meia-volta.

Em 19 de fevereiro, é Pleven, ministro da Defesa, que deve fazer a turnê de inspeção. Por volta das onze horas da manhã, ele decola do aeródromo de Hanói com destino a Điện Biên Phủ. Navarre não veio, não queria influenciar seu julgamento, disse. Castries o acolhe e descreve o dispositivo militar, as forças de que dispõe. Pleven, que está há dez dias na Indochina, usa também um curioso *battle-dress*, com pernas muito largas, bolsos imensos, em que ele parece, bizarramente, flutuar. Está coberto por um panamá, e na selva tonquinesa isso tem um efeito discutível. De repente, virando-se para o general Fay, chefe do Estado-maior da Aeronáutica, Pleven lhe pergunta o que ele acha do acampamento entrincheirado. "Aconselho o general Navarre a sair de Điện Biên Phủ, sem isso ele está perdido", responde Fay, sem hesitar. Durante alguns minutos, os membros da pequena delegação olham obstinadamente para os próprios pés e a visita termina em um ambiente pesado. À noite, no avião, Pleven parece inquieto, fuma um cigarro atrás do outro. Ele deixará a Indochina alguns dias mais tarde, não sem ter concedido a placa de grande oficial da Legião de Honra a Navarre. Ainda nos perguntamos por quê.

## BEATRIZ! BEATRIZ!

Parece que Dante, apesar de seu perfil clássico e suas extraordinárias aventuras nas entranhas de nossas misérias, jamais, mas jamais, jamais viu ou conheceu ou amou ninguém chamado Beatriz, e esse amor com o qual ele nos engana nos livros é um artifício literário. E línguas mais maldosas acrescentam ainda que ele namoricava suas domésticas de relance, e que a doce Beatriz teria de fato sido apenas sua criada, e que o velho mocho lhe cantara, entre duas pilhas de pratos, sua vida nova. Assim, por um desses lacrimosos fervores que distraem os militares, e que eles têm em comum com os poetas, haviam batizado uma das bases de apoio de Beatriz. E uma base de apoio é algo que serve para proteger o coração, para proteger contra o fogo inimigo o coração de um dispositivo militar, um posto de comando ou um aeroporto. E, de base de apoio em base de apoio, uma fortaleza mantém suas posições. Assim, as bases de apoio se protegem umas às outras, como um bando feliz de amigos. Para fazer isso, a fim de que o campo entrincheirado esteja em um terreno desobstruído em que se possa manobrar com liberdade, tinham expulsado os habitantes dos vilarejos, queimado as casas, incendiado os matagais e os pés de toranja. Tinha sido uma trabalheira. Quem fizera isso foram os prisioneiros ou os árabes. Mil camponeses haviam sido deslocados desde a chegada do corpo expedicionário. Mas agora Beatriz se mantinha orgulhosa no meio de seu buquê de picos pelados. À noite, é um anel de luz contornado de arames farpados, túneis de terra sob troncos de madeira. Um jipe com o para-brisa deitado sobre o capô navega até o posto de comando, depois volta. Os dias passam. Esperam. Já faz semanas, meses, que esperam. Parece que o Việt Minh vai atacar. Temem e desejam isso. Em alguns momentos, esquecem.

Dia 13 de março. Tempo fechado. De madrugada, um Dakota está no solo, em chamas. Outro explode perto da base de Isabela. A partir daí, tudo se degrada. Um novo avião pega fogo. Dois jornalistas, que filmavam tudo, recebem uma descarga de morteiro. Um morre, o outro perde uma perna. Um pouco mais tarde, é a vez de um quarto avião queimar. Depois, outro é derrubado. Tinham esperado o enfrentamento, tinham corajosamente chamado por ele, pois bem, aí está! E, como de hábito, é muito menos divertido do que nos livros, muito menos bonito do que nas pinturas, mais triste ainda do que na lembrança. Cheira a gasolina, a poeira. O ar está cheio de fumaça, não se respira mais, se tosse, não se fala mais, se berra, não se canta mais, se cospe. Os camponeses dos vilarejos tailandeses que estavam entre o corpo expedicionário e o Việt Minh fizeram as malas. É sinal de que o ataque é iminente e que o Việt Minh os aconselhou a partir. Ver filas de homens, mulheres, crianças e velhos levando tudo que conseguem, lenta e inexoravelmente, deixando atrás de si suas casas vazias, gera um efeito bizarro, como se a vida real, ordinária, se tornasse uma encenação...

Então, Christian Marie Ferdinand de La Croix de Castries pensou ter visto alguma coisa no meio de toda essa fumaça de combustível queimando, entre as primeiras ruínas. Sim, ele está vendo! Ela está lá, e ele não sabe se é a vitória ou a morte, parece com o que se conta. Houve então um grande "Oh!" no campo entrincheirado. Todo mundo recuou. O coronel se manteve só, bem na frente da coisa. Para e olha. Mas o que é isso, meu Deus! Não é uma tribo de negros, não é um grupo de *coolies* amarrados com arame, não são os pobres sabotadores de vias férreas de que lhe falaram, não é um simples jovem segurando uma metralhadora Browning, não, é um imenso fantasma que se joga sobre eles. É o exército nacional popular.

O campo entrincheirado prende sua respiração. Graças às fotografias aéreas e aos informantes, previu-se que o ataque começaria às cinco da tarde. A hora chega sob o grande céu lívido. Nada acontece. Cinco horas e um minuto, dois, cinco, dez. Nada. Ainda nada. Os legionários estão silenciosos, cada um enfiado em sua própria angústia, os olhos bem abertos, respirando, arranhando o chão com suas botas gastas. Dez minutos! Um tempo tremendamente longo, dura uma eternidade, a história do mundo cabe em dez minutos! O almirante Charner sobe o Mekong com uma frota de algumas canhoneiras em um minuto. O imperador do Vietná pede a paz em dois segundos, e um minuto mais tarde os franceses ocupam a Indochina. Mas eles a ocupam por apenas um minuto, porque um minuto mais tarde Hồ Chí Minh chega e proclama a independência. Então, é a guerra, durante um minuto, e estamos nós, agora, nos ultimíssimos segundos desse grande segmento de vida, no sábado à noite da criação, um instante antes do cair do sol. Subitamente, às cinco e meia, um enorme estrondo pulveriza o silêncio. Não são mais apenas alguns tiros de provocação, é um golpe de martelo que parte o crânio. Filas de homens trotam de cabeça baixa, que despertar! Insinuam-se rapidamente nas sarjetas, correm na poeira, e de todo lado bate-se, fura-se, cabos são arrancados, tetos se esvaem pela terra, os abrigos afundam. Em alguns instantes, todo o dispositivo do campo entrincheirado convulsiona. Já não tem mais seu ar de gigante correto, pousado no meio da selva: acabou! De todas as partes, nada-se em escombros, o campo está terrivelmente devastado. A cada três segundos o solo treme, a terra chora. Beatriz não existe mais.

    Contam que então Marie Ferdinand de La Croix de Castries mostrou os primeiros sinais de abatimento e de fadiga. As bombas do Việt Minh tinham aberto nele um abismo de perplexidade. Durante os dois meses seguintes, Castries não sairá mais nenhuma vez de seu abrigo. Usará seu elmo noite e dia, e fará escrupulosamente suas necessidades no capacete de seu ordenança.

## NAVARRE NO DETALHE

Enquanto a batalha caminha para o desastre, a sra. Navarre, em Paris, saltita de salão em salão, tagarelando. Não mancha suas botas com areia, mas com vinho Chambertin, queima o palato com licores, faz furinhos nas asas das perdizes e estremece quando o merengue racha. Todo mundo quer recebê-la; seus únicos inimigos são os limões que se escondem nos buquês de lagostins. Em Saigon, o general Navarre prepara sua operação Atlante, que pretende progredir, em um efeito de pistão, do sul para o norte, a fim de dominar uma grande porção do território. Mas ela patina, essa operação Atlante, e, de tanto sonhar com seu grande movimento estratégico para os altos platôs montanhosos, Navarre está mais e mais distante de Điện Biên Phủ, muito longe da planície de argila cinza.

À noite, depois de assistir a um filme no cine Éden, Navarre volta, sobe a escada, veste seu camisolão, seus chinelos, e regressa à mesa de trabalho; e, ali, sonha. Por um momento sonha em redigir uma notinha na qual pensa em segredo há muito tempo, uma notinha erudita sobre a infância de Antoine Henri de Jomini, o prodígio, o maior pensador militar do século XIX, o adivinho de Napoleão, como o chamavam na escola de guerra. E, já que as noites são longas, ele relê um livreto de Courville, bisneto do grande homem, que tem a maior cara de panegírico; ele adora isso. Então, imagina o perfil de seu próprio pequeno estudo, uma curta anotação sobre a infância de Jomini nas ruelas de Payerne, um tipo de *A guerra dos botões* mais maduro, recheado de referências às máximas do mestre, ilustrado a partir da posição estratégica de uma esquina, espiando detrás dos fundos de algumas lixeiras. Mas lhe vem uma angústia surda: será que seguiu bem, em Điện Biên Phủ, os preceitos de Jomini? Será que aprendeu bem as lições na academia militar? Não se deixara levar por outros, em um terreno escorregadio? Tomado pela dúvida, retoma o célebre *Compêndio da arte da guerra* e mergulha novamente nessa leitura insípida, só incomodado pelo barulho do ar-condicionado. O tempo passa, uma hora, duas horas da manhã, e qual não é sua surpresa ao descobrir, à medida que lê e relê a partitura célebre, que interpretou uma música distinta. Fica perturbado, de repente febril, e percorre o livro cada vez mais rápido, e só pode constatar o quanto seu campo entrincheirado, sua bizarra criação, não contradiz apenas uma ou duas das condições enumeradas por Jomini, mas todas!

"Para mim", escreve Jomini, "a verdadeira e principal destinação dos campos entrincheirados será sempre oferecer, em caso de necessidade, um refúgio passageiro para o exército, ou um meio de ataque... Enterrar seu exército em um lugar, expô-lo a ser sobrecarregado e picado... pareceria, a mim, um ato de loucura." Puta merda! Ele diz para si mesmo. O que eu fiz! De fato, Điện Biên Phủ não é nem um refúgio passageiro nem um meio de ataque, é exatamente enterrar seu exército no local. Ele folheia, nervoso, as páginas do livro. "É preciso admitir que os campos entrincheirados", acrescenta Jomini, deixando claro o que quer dizer, "destinam-se apenas a fornecer uma base de apoio..." Puta merda! Do que é que Jomini está dizendo, ele ri da minha cara, ele delira! E um pouco adiante: "Mas isso nunca será mais do que um refúgio passageiro...". Em nome de Deus, como ele não viu isso? E o general Ély, e o bom velho marechal Juin, por que eles não gritaram para ele: "Alto lá, releia Jomini!".

Ele se serve um copo de uísque. Que catástrofe que em todo exército francês ninguém tenha relido Jomini no ano passado! Pensou de novo no general Fay, chefe do Estado-maior das Forças Aéreas, ele não tinha lhe falado, claramente, de sua discordância? Navarre afugenta essa lembrança com um gesto da mão. Ninguém mais lê Jomini, considera... salvo, talvez... E é então que ele percebe, ao longe, sob um longo galho de areca, atrás de um entrelaçamento de galhos que lembram um nó terrível, como um enigma: dois olhos. Sua visão fica de repente mais precisa: o rosto do general do Việt Minh, Võ Nguyên Giáp. Ah, sim, esse sem dúvida leu Jomini, e Vauban também e todas as suas teorias sobre os cercos; ah, talvez tenhamos feito mal ao ensinar esses vietnamitas a ler, e na nossa língua!

Navarre tenta então voltar a si; faz desfilar à sua frente todas as grandes batalhas da História, todos os campos entrincheirados: Buntzelwitz não salvou Frederico II? Claro! É isso mesmo, o grande Frederico, o golpe de mestre de Frederico! Ele não tinha fortificado vários montes com árvores derrubadas, bocas de lobo, armadilhas, paliçadas, campos minados? E o de Mainz não teria impedido que a cidade tivesse sido sitiada, se o exército francês tivesse tido os meios de realizá-lo? E o famoso campo de Wurmser não prolongou em dois meses a resistência de Mântua?

Mas em Buntzelwitz — Navarre divaga, em um último acesso de pessimismo —, Frederico não se beneficiou da indecisão dos adversários? E, em Mainz, foi necessário abandonar o campo! E em Mântua, ao final, não é que todo o exército austríaco pereceu?

OS DIPLOMATAS

Em 21 de abril de 1954, enquanto o corpo expedicionário francês agoniza, o secretário de Estado americano, John Foster Dulles, fez uma visita breve à França. Dulles e Bidault se encontraram, alguns dias mais tarde, no Ministério de Relações Exteriores, no Quai d'Orsay, para uma pequena recepção. Aí estão, lado a lado em um sofá, em frente a uma mesa laqueada, posando para a revista *Paris Match*. Suas mãos simulam uma conversa séria, Dulles parece dizer a Bidault "Vocês concordarão ao menos com a versão modesta da minha argumentação", e Bidault, com uma expressão desconcertada, mas conciliadora, olha na direção da janela. O ambiente é descontraído, os homens se conhecem e parecem admirar um ao outro.

Não sabemos se Bidault lhe falou de Bergson, que Dulles admirava e de quem tinha, ainda jovem, seguido alguns cursos quando passou um ano em Paris; mas foi, e disso estamos certos, por ocasião de uma elipse regular, que eles realizavam pela segunda vez na companhia de dois ou três secretários do Quai, que se distanciavam de repente, formando um ângulo estranho, inesperado, e Dulles, no ponto mais curvo da hipérbole, com o ar mais oblíquo de que era capaz, voltou-se bruscamente para Bidault:

"E se eu desse duas para vocês?", soltou ele.

"Duas o quê?", respondeu o ministro francês, desconcertado, incapaz de fazer a ligação entre a conversação diplomática, bastante típica que ele conduzia a propósito de Điện Biên Phủ, e essa questão com uma entonação completamente insólita. "Duas bombas atômicas...", esclareceu o secretário de Estado americano.

Alguns instantes mais tarde, Maurice Schumann vê Bidault entrar, lívido, em seu escritório. Está um pouco surpreso, Bidault costuma ser muito cheio de protocolos de etiqueta e, como ministro, sempre exigiu um respeito estrito às convenções. Mas nesse dia Bidault abre a porta sem bater, atravessa a sala tropeçando no tapete e, sentando-se em uma simples cadeira em frente a seu secretário de Estado, desfigurado, fala atropeladamente: "O senhor sabe o que Dulles me disse?". Schumann olha para ele, desorientado. "Ele me ofereceu duas bombas atômicas para salvar Điện Biên Phủ."

John Foster Dulles havia passado um ano louco em Paris, na juventude. Frequentara a sociedade da Belle Époque. Mas os licores Marie Brizard não lhe tinham subido à cabeça. E durante essa idílica temporada parisiense, nem os passeios no Jardim de Luxemburgo nem o terraço do Select foram suficientes para fazê-lo esquecer suas promessas de carreira. Porque Dulles não é apenas um estudante jovem e brincalhão, uma vaga figura no Quartier Latin: *os Dulles* são uma instituição. Ele é irmão do diretor da CIA, mas também neto e sobrinho do 32º e do 42º secretários de Estado dos Estados Unidos. Eles até deixaram *seu* nome em um dos aeroportos da capital, Washington-Dulles, onde estão associados ao gênio fundador da América. É, portanto, uma verdadeira instituição que se inclina para Georges Bidault em 24 de abril de 1954; a seu lado, Bidault, propriamente, não é mais do que um pequeno empresário; seu pai era agente de seguros em Moulins, e ele só tem, para protegê-lo, uma floresta de pequenos proprietários rurais católicos e limitados. Mas Dulles é, ele sim, uma verdadeira multinacional. Entre as ruínas do passado que nos resta, através de muitos quilômetros de flashes de notícias de última hora e resmas de papel-jornal, percebemos os numerosos cadáveres em seu rastro.

Com seu irmão, acaba de patrocinar, no ano anterior, a queda do primeiro-ministro iraniano, Mossadegh, que tinha tido a má ideia de nacionalizar o petróleo. A Companhia Anglo-Persa de Petróleo sentiu-se fraudada. Allen Dulles havia então liberado 1 milhão de dólares para depor Mossadegh, o que teve por consequência impedir por um longo tempo qualquer reforma democrática no Irã. E é preciso ter lido a instrução da CIA, seu laconismo extraordinário, para compreender o tipo de operação de que estamos falando: *Alvo — Primeiro-ministro Mossadegh e seu governo. Objetivos — Por métodos legais, ou quase legais, conseguir sua deposição e sua substituição por um governo pró-ocidental sob autoridade do xá.* Mas no momento em que fala com Bidault, John Foster Dulles já é o responsável por outra operação, a queda de Jacobo Árbenz Guzmán, presidente da Guatemala, que pretendia fazer uma reforma agrária visando distribuir 90 mil hectares de terra aos camponeses mais pobres de seu país. Isso punha em perigo os interesses de uma multinacional americana, a United Fruit Company. Esta se recusava a ser indenizada na base de três dólares por acre, valor que ela própria, entretanto, tinha declarado ao fisco, subvalorizando suas terras para pagar menos impostos. A United Fruit, vítima de sua própria fraude, havia apelado aos irmãos Dulles, que eram donos do mais importante escritório de advocacia de Wall Street. Os Dulles, que eram, aliás, sólidos acionistas da companhia, organizaram um golpe de Estado sob medida que entregou o país a uma junta militar. A Guatemala mergulhou em um longo período de violências; houve centenas de milhares de mortos.

Nós os encontramos, sete anos mais tarde, na encruzilhada de nossos infortúnios, em 17 de janeiro de 1961, em Elisabethville, no Catanga, pois essa mistura de bonomia e perfídia que os caracterizava não economizava nenhum continente. Nesse dia, às 16h50, o DC-4 da Air Congo matrícula OO-CBI, vindo de Muanda, pousa na pista. Três homens, amarrados por uma corda, são empurrados sem cuidado para fora da aeronave. Os três prisioneiros são enfiados em um jipe. O sinistro cortejo se desloca na direção da propriedade de um colono belga. Entre os três prisioneiros, Patrice Lumumba, o *primeiro* primeiro-ministro da República do Congo, recém-independente. Às 17h20, o jipe estaciona. Lumumba e seus dois companheiros são violentamente jogados ao chão, puxados para a casa, torturados. Três horas mais tarde, o comboio parte. Depois de uma longa meia hora de estrada, param em Mwadingusha. O comissário de polícia belga Frans Verscheure faz os três prisioneiros saírem do carro. E enquanto é empurrado para a beira da fossa em que será executado, prestemos um instante de atenção no próprio Lumumba, e vejamos, através dessa antítese, dessa contrapartida extravagante, *quem era* Dulles, *o que não queria* Dulles, e vamos adivinhar o mundo que ele sonhava e que procurava alcançar através de uma floresta de intrigas. Mas, para isso, é preciso retroceder no tempo e avistar por um instante Patrice Lumumba criança, filho de um plantador vindo de um vilarejo, seu sorriso doce, tímido mas decidido, seu rosto sério, a escola protestante onde murmura os primeiros rudimentos do catecismo, suas leituras febris de autodidata, o destino de operário que ele evita mergulhando desesperadamente em seus livros. Depois, nós o revemos mais tarde, empregado no escritório de uma sociedade mineradora. De repente ele adivinha o papel primordial das matérias-primas e constata como os executivos congoleses são afastados do poder. Essas duas revelações não o abandonarão mais, e o acompanham ainda, às cinco e pouco da tarde, entre duas seções de tortura.

No começo de julho de 1960, só quinze dias depois da independência do Congo, os belgas intervieram militarmente para que Catanga e seus recursos minerais se tornassem o núcleo do novo Congo, sem Lumumba. Tramam para demitir o primeiro-ministro de suas funções. Em 18 de agosto, o Conselho de Segurança Nacional dos Estados Unidos se diz preocupado com a situação do

Congo. É aí que *os Dulles* intervêm. Lumumba constitui uma ameaça séria para os interesses americanos; o diretor da CIA, Allen Dulles, conclui que ele deve ser tirado do poder "por quaisquer meios".

Por isso, não é exagero dizer que em 17 de janeiro de 1961, cinco meses mais tarde, no momento em que Lumumba está sendo levantado uma última vez por seus torturadores, em algum lugar no mato, antes de ser brutalmente abatido e de seu corpo desaparecer em um banho de ácido, eles estão lá, *os Dulles*, entre as forças que acompanham, invisíveis, espectrais, nesses últimos instantes, o filho do plantador de sorriso doce e rosto sério, no momento em que mede sem dúvida, verdadeiramente, em uma mistura de tristeza e desgosto que deve ser aterrorizante, o quanto ele teve razão de mergulhar desesperado nos livros, e de lutar, determinado, vitorioso em um sentido, e entretanto abatido, assassinado, e o quanto a violência deles e a determinação deles, deles, eram maiores, o quanto ele tinha, no fundo, subestimado a ferocidade que eles dedicavam para conservar seu poder; e, enquanto esses espectros o acompanhavam, aquele que tinha organizado a resistência vitoriosa contra o invasor e perseguido os belgas do Congo viu que isso era algo correto, mas que em algum sentido ainda não era nada, que os belgas não eram nada, que a verdadeira força — e ele sabia disso desde o começo, desde seu trabalho como empregado de escritório para uma sociedade mineradora de Sud-Kivu —, a verdadeira força era a Union Minière do Alto Catanga; e se o espírito humano tem seus abismos, onde se reúnem os administradores da Union Minière, se ninguém jamais penetrou suas camadas profundas, a crosta terrestre é tão espessa quanto nossos crânios e tão hermética quanto a linguagem, cavamos até quatro quilômetros para encontrar ouro, cobre, todo tipo de metais, e caímos no fundo de poços que foram cavados à velocidade de dezesseis metros por segundo, antes de chegar à frente da mina, morre-se lá, onde faz um calor assustador, onde homens conseguem entrar escondidos, tentando raspar algumas pepitas e subir de volta com seu pequeno tesouro, esperando viver então uma vida melhor, mas a polícia das minas vigia, quando acha que percebeu um, corta o ar na galeria suspeita, o asfixia e, do exterior, as minas formam cidades gigantescas, montanhas de ferro cercadas de montes de escória, e nessa região, no Catanga, de onde se extraiu tanto cobalto e tanto cobre que isso representa sem dúvida uma parte não negligenciável dos metais que estão atualmente em circulação sobre a Terra, as crianças de dez anos trabalham, sucumbindo nos desmoronamentos de túneis, sufocadas, afogadas; e é assim, cercado por milicianos belgas, que Lumumba, atordoado, ainda sob o choque das sessões de tortura, mergulhou tão profundamente em si mesmo, nas fissuras da alma humana e, entre suas paredes ardentes, como entre as paredes de uma mina, pensou perceber um povo minúsculo, bacteriano, um povo cego e surdo, mas voraz, essas pequenas bestas teriam deixado a superfície da Terra na aurora dos tempos, e teriam vindo se instalar aqui, no coração das trevas, infelizmente para elas um predador as seguira, um verme de apenas meio milímetro, monstro em miniatura cuja boca horrível é uma vulva cercada de ventosas; mas toda essa profundidade não é nada, ele se diz, e mesmo as escavações mais audaciosas, a quase treze quilômetros da superfície, não atingem o manto, não são nada, seria preciso ir muito mais abaixo da crosta onde gemem os espeleólogos, muito além do manto, até o núcleo, massa de metal em fusão, terrivelmente denso, agitado por convecção, se quiséssemos seria só aflorá-lo, não o Inferno, que é coisa pouco profunda, mas o que dá à Terra sua proteção magnética e permite, graças à bússola, realizar viagens através dos oceanos e que se domine a Terra; mas se se quer mesmo conhecer o horror, diz Lumumba, em um sobressalto, não é para isso que é preciso olhar, não são os abismos, as criaturas vivas, as escavações delirantes, não é tampouco para a alma humana, não, se se quer realmente ficar espantado, seria preciso poder penetrar em silêncio no escritório em que conversam Eisenhower e Dulles, seria preciso nos escondermos sob os tapetes de Sullivan & Cromwell, a fim de ouvir o que se conta às escondidas, a fim de surpreender os diálogos descontraídos dos irmão Dulles, a fim de ouvi-los falar livremente, sem pudor, e é aí, nesse espaço etéreo, climatizado, imunizado, fora do mundo, refratário às imagens, onde é proibido tomar notas, como se tudo, fora a transferência escrupulosa de seus dividendos, devesse se apagar, escapar à História, é aí, entre os espessos sanduíches de mortadela que Foster adorava e o copo de Schweppes que a secretária entrega sorrindo, entre um agradecimento educado e um telefonema rápido a um colaborador, entre o arquivamento mecânico de um dossiê e uma troca franca, direta, sobre os interesses americanos na África, que foi meditado aquilo de que o macartismo é, no fundo, apenas a fachada incorreta, midiática, que foi orquestrado e conscientemente configurou o mecanismo da Guerra Fria que levou o mundo à beira do caos. E quando a coluna de condenados surgiu no alto do barranco, com os mercenários cercando o primeiro, eles desceram para o prado lentamente, um tipo pôs a mão em seu ombro e sussurrou em sua orelha: "Não tenha medo, não se sente nada..."; de repente, todo o seu ser se enrijeceu, e quando começou a gritar, o primeiro prisioneiro foi logo amordaçado, algemaram-no, vendaram-no, empurraram-no com violência contra uma árvore, e o tipo repetia, zombando, "Não tenha medo, não se sente nada..."; houve uma rajada, um miliciano atravessou lentamente o prado, inclinou-se sobre o corpo e fez um sinal com a cabeça, limparam a cena com a mangueira de irrigação, empurraram o cadáver para uma espécie de buraco e isso aconteceu do mesmo jeito duas vezes, duas vezes a pequena silhueta apareceu no alto do barranco, duas vezes o condenado soluçou, e duas vezes o cadáver foi arrastado para o lado, mas na terceira vez, quando ordenaram a Patrice Lumumba que avançasse para o meio do campo, "Vou encarar a morte", disse a si mesmo; também, quando os carrascos tentaram lhe vendar os olhos, alguma coisa nele endureceu, ele recusou; sua silhueta tão leve, na madrugada, parecia tão jovem, os ébanos, a luz, e esse gosto ácido entre os lábios! Em uma fotografia célebre, durante as negociações, cinco meses antes da independência, Lumumba sorri, tem 35 anos, logo será primeiro-ministro, por apenas dois meses e 21 dias, seu rosto está relaxado, mas em seu olhar se misturam sua juventude, sua determinação e sua doçura, uma ponta de desconfiança, uma reserva, talvez um pudor; e há entre seu olhar determinado, sua pele negra, sua insondável juventude e as circunstâncias sórdidas de sua morte uma conivência sem sentido. É como se essa fotografia tivesse sido tirada um instante antes de sua morte, e ele nos arremessasse toda a sua juventude no rosto. De repente estamos no prado, com ele, entre a árvore furada de balas e os agentes secretos, e o tempo passado não muda nada, os ébanos, o cheiro da noite não muda nada, o barranco não muda nada. Só no meio dos soldados, Lumumba recusa energicamente que lhe vendem os olhos. Exige encarar a morte. Levou, então, um empurrão violento. Seguraram-no e amarraram-no firmemente. Soluçou angustiado. Ainda se debateu, e enquanto o seguravam com força, tentavam prendê-lo à árvore, ele sentiu um desejo obscuro. "Encarar a morte", disse. E fechou os olhos.

# TELEGRAMAS

Até 21 de abril, o general Navarre, ainda que sem saber o que fazer, mantinha a mais franca determinação. Opunha-se com firmeza, e repetiu isso sem parar, a todo cessar-fogo! E nas dezenas de cartas ou de telegramas que trocou com o alto-comando e os membros do governo, não parou de dizer e repetir, em seu tom marcial, que a suspensão dos combates seria uma vergonha e um erro enorme. Essa atitude impressionava.

De repente, algumas horas antes da visita de Dulles a Paris, em 21 de abril, Navarre acorda amarrotado. As notícias do acampamento entrincheirado são absolutamente execráveis, a previsão do tempo é ruim, seu horóscopo, miserável. Que faço, então?, ele se perguntou, triste e desencorajado, depois de uma noite ruim. Foi então que escreveu sua carta histórica para o general Ély. Quase uma semana antes da queda de Điện Biên Phủ, apenas alguns dias antes que a guerra esteja definitivamente perdida, entre duas crises de angústia, o general Navarre muda bruscamente de estratégia. Só os idiotas não mudam de ideia, disse a si mesmo. Sentado em sua escrivaninha Mazarin, o olhar perdido na marchetaria, mordiscando seu mata-borrão, escreve: "Depois de madura reflexão" (esquecendo-se de mencionar as angústias matinais), "cheguei à conclusão de que seria preferível um cessar-fogo imediato."

Essa reviravolta repentina e inequívoca, esse tom de autoridade para sustentar um ponto de vista diametralmente contrário àquele que ele tinha defendido com obstinação durante meses, desestabilizou profundamente o chefe do Estado-maior das Forças Armadas. O que significava essa brusca meia-volta? Como interpretá-la?, perguntou-se o general Ély. Essa questão, como tantas outras —o desaparecimento dos dinossauros, o elo perdido e a máscara de ferro — ficou sem resposta.

As melhores novelas ganham novo ímpeto a cada episódio. Assim, no início de maio, novo telegrama. Navarre considera agora que "*se* Điện Biên Phủ caísse, um cessar-fogo imediato e sem negociação prévia seria impossível". O general Ély está embasbacado. Navarre está batendo pino, muda de opinião sem parar. Em 5 de maio, outro telegrama. Dessa vez, uma ordem de cessar-fogo não poderia ser concluída senão através *das mais sólidas garantias para o futuro*. Entretanto, no questionário estabelecido pela delegação francesa em Genebra, para a questão "Quem ganharia com o cessar-fogo?", Navarre respondeu sem hesitar: "O Việt Minh".

Da leitura desses telegramas resta uma impressão difícil: estamos diante de uma mistura bastante rara de seriedade e confusão; o tom é glacial, altivo, mas o conteúdo é débil, inseguro, Navarre se afunda. Imaginamos o pobre general, perdido, no fim do mundo, sua carreira acabando em um fiasco doloroso, ele sabe disso e cambaleia, lívido, aturdido, nos corredores da suntuosa residência que ele pensou dever exigir, na época de sua grandeza, há apenas poucos meses.

Contudo, surpresa! Suas obsessões, seus tormentos íntimos não se contentam em estragar o ambiente em Hanói ou em Saigon, eles colonizam rapidamente todo o governo francês, e durante a primeira semana de maio suas dúvidas contaminam até a mais alta hierarquia. Tudo que a França comporta de homens *em cargos de responsabilidade*, militares, políticos, experts de todo tipo, divide-se. De um lado, os partidários de um cessar-fogo imediato; do outro, aqueles de um cessar-fogo negociado. É o caso Dreyfus dos simplórios, o Panamá dos cretinos. No momento em que a guerra já está perdida, estripa-se de todo lado, mesmo o sacrossanto conselho de guerra se separa violentamente em dois campos. O famoso telegrama do começo de maio inflama os espíritos mais frios, os mais experimentados; arrancam-se os poucos cabelos que ainda se tem sobre a cabeça. Navarre é contagioso. Todo mundo fica maluco. Matam-se no Estado-maior, beliscam-se no Conselho de ministros, arranham-se nas alcovas. É preciso escolher seu lado. Grita-se "cessar-fogo imediato!" ou "cessar-fogo negociado!", e sem misericórdia!

\*

Uma vez caído o campo entrincheirado, a humilhação foi muito grande, insuportável. Navarre teve violentos acessos de angústia, não ousava mais sair. A condescendência discreta de seus pares o feria ainda mais do que o desprezo. Sentia vergonha. Temendo a fragilidade que experimentava e que, entretanto, teria podido deixá-lo mais acessível, mais humano, expôs uma firmeza maior, e ficou ainda mais sectário, retrógrado. Viveu em um ressentimento consistente. E sem dúvida jamais conseguiu ver com clareza, como foi miraculosamente o caso durante alguns instantes, ao preço de uma pausa momentânea de suas faculdades, na ocasião de imensos sofrimentos, em maio, quando sua carreira foi brutalmente destruída, quando sua vida inteira perdeu todo sentido, que ele foi, ele, o cantor da vitória, ele, diziam, cuja *mecânica cerebral tinha uma precisão admirável*, foi derrotado por esses homens que no fundo ele desprezava, *os camponeses anamitas*.

    Teve uma curta iluminação, quinze minutos antes da queda. Em sua imensa residência, esse palácio dos governadores da Indochina que ele havia, alguns meses antes, cheio de si, requisitado sem experimentar o menor constrangimento, ali, deambulando ao cair da noite perto do tanque de carpas, onde, contam, como em Versalhes, que algumas eram já damas muito velhas quando o palácio foi construído segundo as exigências faraônicas de Paul Doumer, ali, vagando entre os treze hectares do parque, seguido discretamente por seu ajudante de ordens, guiando-se por uma luz que ele no entanto não via, talvez Navarre tenha sentido de imediato uma vertigem por aquele fracasso e aprendera algo; tendo andado de um lado para o outro por todo o dia, havia percorrido incansavelmente os cem metros quadrados de seu escritório suntuoso, que ficara cada vez menor, estreito, à medida que ele o percorria em todas as direções, que sua angústia abria caminhos invisíveis, ali, com os olhos inexoravelmente atraídos pelo biombo de laca oferecido por Bao Dai, suas manchas escuras, suas sombras pálidas, onde, como diante da água negra e densa de um tanque, ele parou muitas vezes, estupefato, face a essa obscuridade pesada onde cintilam minúsculas folhas douradas, e depois mais febrilmente ainda havia percorrido os quilômetros de corredores da residência, havia penetrado um a um, ansioso, as dezenas e dezenas de salões de cerimônias, agora vazios no fim do dia, procurando entre os 1,3 mil metros quadrados do palácio alguém, ou alguma coisa; ele não sabia mais o quê.

Ele tinha assim andado, andado, em uma angústia febril. E sentiu que caia. Agora, percorrendo a aleia das mangueiras, de folhagem espessa, umbrosa, já mergulhado na escuridão da hora em que o dia declina, dizia-se sem dúvida que sua carreira havia terminado, que ela ia acabar em uma nota abominável, um desastre, um banho de sangue. Ele percebeu de repente, de longe, a fachada neoclássica, sua austeridade difícil, e o tipo de superioridade que emanava do edifício o feriu, como uma negação de sua pessoa. Eu deveria ter ouvido meu pai, pensou, ter sido professor. Mas esse clichê não lhe foi de nenhuma serventia, só o angustiou. Ele se viu menino, repetindo suas lições, sua infância desfilou à sua frente; pareceu-lhe terna. Sua fria perspicácia não lhe era mais de nenhuma serventia. E, bruscamente, pensou ouvir um tiro de canhão. Teve um sobressalto. A batalha está quase acabada, disse a si mesmo, como se pudesse ouvir Điện Biên Phủ daqui, de Hanói, do jardim tranquilo do palácio de que ele seria o último locatário.

Mas ele não ouviu nada. Nada além dos insetos se batendo contra a luz do poste, e isso lacerava seus tímpanos como o grito de um apito a vapor. Tapou as orelhas; estava esgotado, avançou a passo lento, tão lento que mal era visto no escuro, e quando atingiu enfim sofridamente o caramanchão, havia envelhecido. Sentou-se de forma mecânica em uma frágil cadeira dourada, um empregado se manteve afastado. Seu ajudante de ordens fingiu continuar seu caminho. E acreditou que estava só. A noite caiu. Ele não se movia. "Quanto mais nos aproximamos do poder, menos nos sentimos responsáveis", pensou. Não se lembrava mais onde tinha ouvido essa frase, e ela se pôs a zumbir nele, em torno desse pequeno poste de luz que chamamos de consciência. "Quanto mais nos aproximamos do poder, menos nos sentimos responsáveis." Seu olhar afundava na noite, na direção do parque, na direção das árvores mais negras do que a noite, mais espessas. "Me falaram de 20 mil mortos", pensou. Cada palavra parecia procurar alguma coisa em si mesma. Vinte mil mortos. Navarre tentou imaginar o que isso pode representar, a vida de 20 mil homens. Não sabe de nada. "E os norte-africanos, anamitas", pensa, e isso o mergulha subitamente em um tipo de perplexidade, de confusão, "norte-africanos... anamitas...", eles foram contados entre os 20 mil mortos desde o começo da guerra? "Me falaram de 15 mil norte-africanos, sim, 15 mil, e de 45 mil indochineses, é verdade..." Tenta ainda contar, recontar, mas as cifras se misturam. A noite caiu. Navarre está só. Só com 80 mil cadáveres.

Resta apenas o interior de Navarre, um vazio. Mas o vazio fala. Ele fala dos mortos, sozinho, uma tristeza desconhecida toma conta dele. "E o Việt Minh?", ele se diz de repente, sem que saiba precisamente o que isso quer dizer, "e o Việt Minh, quantos mortos, quantos?" Então, lembra-se de uma notinha que lhe entregaram em Paris, quando assumiu a função, na conferência do Estado-maior. Ela estava em um dossiê no qual tinham sido avaliadas as perdas, e ele pensa se lembrar de uma coluna, seu olhar sobe lento pela linha de tinta, e vê: quinhentos mil soldados. E em outra coluna: 100 mil civis. "Seis vezes mais do que nós", diz a si mesmo. Suas mãos se crispam sobre o encosto da cadeira de vime, suas unhas arranham o douramento. Pensa em morrer.

Sim, talvez nessa noite, em frente à obscura aleia de mangueiras plantadas por Doumer, no silêncio obsedante de sua consciência, Navarre teve a ideia de morrer. "Como isso é possível?", gritou. Seu grito não perfurou a noite. "Como um exército moderno pode perder frente a esses..." A palavra lhe faltava. "Um exército de camponeses!", resmungou. Mas ele não acreditava mais nisso. O empregado avançou em sua direção, perguntou o que ele queria, e ele percebeu que falava sozinho. "Nada, obrigado, Minh, não fique aí, entre." O garoto sumiu.

Olhou o vietnamita se distanciar, uma manchinha escura na fachada do palácio. Agora, mal se distinguiam

as árvores e a noite. Navarre estava no escuro. Permanecia lá, mudo, petrificado. A guerra estava perdida. Até esse momento, tivera uma brilhante folha de serviços, tinha feito tudo o que seus pais desejavam, mostrou-se obediente, respeitoso, bom aluno. Quisera tornar-se militar, sustentar a honra de seu país, de seu império. Tudo estava arruinado. De uma hora para outra, por causa dessa maldita guerra, ia carregar a mais dolorosa derrota; ele não era o primeiro a perder contra os metecos, os amarelos! "O que nós fizemos?", ele se diz. "O que eu fiz? Náo sei."
Ora, justamente dessa vez, ele sabia. Isso durou um minuto. Durante um minuto, não pensou mais como um oficial saído de Saint Cyr, não pensou mais como um capitão participando sem remorso da pacificação do Marrocos; não, por um curto instante, viu que toda sua retórica habitual, a honra, a pátria, era um engodo. "Estou louco", pensou. De repente, através dos pesados galhos das mangueiras, acreditou ouvir um grito. Levantou, avançou na escuridão, as mãos para a frente, nervoso. Chamava: "Onde você está? Onde você está?". Seu pé bateu na raiz de uma árvore, pareceu que uma espada transpassava seu peito, soltou seu bastão, deu alguns passos titubeando no escuro. "Eu perdi tudo!"

Mas ele não tinha perdido nada. Eram as centenas de milhares de *coolies* que tinham trabalhado nas minas ou nas plantações, não ele, era o exército popular do Vietná que tinha perdido 500 mil homens, era o país ocupado que havia sido devastado, aniquilado. Navarre tinha apenas perdido sua carreira, e perdera apenas por sua culpa. Ele tinha, durante toda a vida, perseverado em suas ideias de ordem e de honra, na certeza de nossa superioridade, a despeito de todos os sinais do contrário, tinha sido obstinado em suas concepções rígidas, limitadas. Mas até então havia obtido disso muitas satisfações narcísicas, materiais. Seu meio aproveitava confortavelmente sua estreita visão de mundo, o estatuto de oficial conferia no Império direitos quase ilimitados. E a arquitetura neorrenascentista, ao mesmo tempo grandiosa e vulgar, do palácio dos governadores da Indochina testemunhava esse gigantesco poder e esse egoísmo.

Não diziam de Navarre que ele era "um exemplo perfeito de militar ocidental"? Mas, agora, isso tinha acabado. Sua vida militar tinha acabado, terminava em uma derrota total. Acabara de enviar uma série de telegramas incoerentes, e a vida lhe pareceu, de repente, absurda. Pensou em se suicidar. Mas não o fez. E lentamente, enquanto chegava à pequena aleia de pedrinhas que levava à escada do palácio, ele recuperou os sentidos. Lentamente, voltou a ser capaz de tirar com frieza, ou de parecer tirar com frieza, lições de sua derrota; lentamente, à medida que avançava para a luz dos refletores que acompanham a fachada horrorosa do palácio, deixou os cadáveres vietnamitas se empilharem nas aleias de cercas vivas, e lhe pareceu até mesmo ver cadáveres de seu próprio exército, e isso tudo não lhe comoveu. Lentamente, abandonou os *coolies* e seu trabalho escravo à obscuridade, todos os sofrimentos foram engolidos pela noite, e quando ele chegou à entrada do palácio e os empregados lhe abriram as pesadas folhas das portas, tinha esquecido tudo. Na entrada, seu olhar se demorou sobre o enorme mapa-múndi em que estavam traçadas as agora caducas fronteiras do império francês. "O mundo é minúsculo", disse a si mesmo. Então, com um passo determinado, subiu o primeiro degrau da escada de honra e quase escorregou.

## OS PARTISANS

Estamos em 1º de maio. Nas Tulherias, uma menina vende ramos de lírios-do-vale. Em Genebra, onde foram abertas as negociações de paz, enquanto a guerra continua, passeiam nos parques, distraem-se. Mas em Điện Biên Phủ, é o fim. Caga-se em qualquer lugar, nos túneis, na beira das trincheiras, rolam-se os mortos para o mais longe possível. Em 3 de maio, os últimos voluntários enviados de paraquedas se apresentam ao posto de comando. Nós os cumprimentamos e colocamos em seus peitos as insígnias dos paraquedistas. Bravo. Em 4 de maio, os ataques recomeçam. Em 5 de maio, o Việt Minh está perto de Isabelle. Em 6 de maio, os picos do leste estão perdidos, restos de batalhões se agarram às encostas. Restam víveres para dois dias e Castries só tem mais uma garrafa de conhaque.

Em torno das três horas da tarde, os franceses percebem de longe os comissários políticos do Việt Minh dançando. Dançam, gritam de alegria, cantam. A maior parte é de crianças. Parecem palha queimando. A folhagem está cheia de luz. Mas, no fim da tarde, recomeça. A artilharia recrudesce o ataque sobre o que resta do campo entrincheirado. A noite cai. Há mortos por todos os lados. Recuamos de buraco em buraco, empilhamos cadáveres para nos proteger e saltamos sobre eles como um pardal.

De manhã, homenzinhos vestidos com tecidos verdes ordinários, com solas de pneu nos pés, chegam às cristas das montanhas. São os *coolies* das plantações Michelin, os mineiros de Ninh Bình, os camponeses anamitas. Agora, carregam uma metralhadora e passam por sobre os mortos. Há detritos em todos os lugares, casamatas pulverizadas, pedaços de madeira, de chapas de metal, arame. Tudo isso resta inerte na lama viscosa, como depois de uma tempestade. E a grande batalha que prometia ao menos um fim terrível termina como uma partida de polo. Formam-se colunas de soldados. Os vietnamitas penetram nos abrigos tapando o nariz. Descobrem montes de cadáveres e tapetes de merda. Para a última ligação, entre Cogny e Castries, não houve o "Viva a França!", como contaram; e, apesar de uma avalanche de desmentidos, Castries levantou de fato a bandeira branca. Passerat até conta que, no momento da invasão do Việt Minh ao posto de comando, ele teria gritado "Não me fuzilem!".

No dia seguinte, 8 de maio, em Paris, sob o Arco do Triunfo, celebrou-se o fim da Segunda Guerra Mundial. E no sábado à noite, em Hanói, será uma das últimas vezes em que as casas noturnas ficarão lotadas.

## UM CONSELHO DE ADMINISTRAÇÃO

O presidente Minost tinha chegado primeiro. Tamborilava em seu bigode curto, avançando com passo decidido para a escada em caracol que levava a seu escritório. Instalou--se, pegou um dossiê, percorreu-o distraidamente, e então foi para a assembleia geral. O segundo a atravessar a soleira do número 96, no boulevard Haussmann, foi Jean Bonnin de la Bonninière de Beaumont, um energúmeno. Tinha se casado com uma Rivaud de La Raffinière, fizera nela três pirralhos, e sua modesta tribo se ligara assim ao Banco Rivaud, cuja prosperidade provém de inumeráveis plantações de seringueiras. Os irmãos da casada o tinham feito eleger-se deputado da Cochinchina. Em 1940, tinha votado pela concessão de plenos poderes para Pétain, e na Liberação foi brevemente aprisionado por causa das más companhias. Depois disso, deixou a política e só se ocupou dos negócios. Foi presidente e diretor-geral da Société Financière des Caoutchoucs e da Compagnie des Caoutchoucs de Padang, presidente de honra do Banco Rivaud, depois da Société de Culture Banaière, e de muitas outras. Mas seu papel principal consistia em cultivar as amizades úteis, organizar grupos de caça e reuniões mundanas.

No saguão, cruzou com Minost, que descia para acolher os membros do conselho de administração do banco e fez uma careta ao vê-lo, pois seu diletantismo explícito o exasperava. Mas enquanto ele saudava secamente Jean de Beaumont, depois de uns poucos sinais de polidez, François Marbeau o salvou, vindo ao seu encontro. Este era auditor das contas do banco. Era um homem de ótima estirpe. Tinha se casado com a filha de uma prima de sua mãe, marcando assim seu pertencimento ao clã, ainda mais porque ela descendia de uma família de banqueiros de Boulogne-sur-Mer. Seu próprio irmão era administrador da Sucrerie Coloniales, e seu pai tinha sido prefeito de Meudon, uma carreira respeitável.

Imaginem atores que nunca mais voltassem a ser eles mesmos. Representariam eternamente seu papel. A cortina cairia, os aplausos não os despertariam. A sala vazia, as luzes apagadas, a noite plena, eles não deixariam o palco. Poderíamos até gritar que os compreendemos, que seus papéis já são conhecidos, que sabemos de cor o enredo, eles continuariam obstinadamente a representar, errando e vociferando em cena. Pareceriam enfeitiçados, presos em sua própria atuação, com o coração perfurado por suas próprias flechas. O espetáculo seria ao mesmo tempo belo e terrível, patético e absurdo, e não saberíamos mais se seria melhor rir ou chorar.

    Os membros do conselho de administração ocuparam os lugares em torno da grande mesa. Apertaram-se as mãos murmurando algumas palavras, abandonando cacos de sílabas na areia da conveniência. Um empregado serve água gaseificada. O representante do Banco Lazare toma seu lugar. Minost vem obsequiosamente saudá-lo. Evocaram a situação política, o drama indochinês, David-Weill sentou-se, então Minost foi acolher François de Flers, um velho amigo. Ambos são antigos inspetores fiscais, e ambos consagraram sua vida aos negócios. Mas Minost vem de Provins, é filho de um auxiliar de advogado. Flers nasceu no 8º *arrondissement* de Paris, desde os 24 anos está no gabinete de Poincaré e se tornou chefe adjunto no Ministério das Finanças: ele entra pela grande porta.

Haveria em Paris um triângulo sagrado, entre o rio Bièvre, o parque Monceau e Neuilly, onde os especialistas acreditam ter descoberto a existência de um microclima. Sob a influência da estrutura ecopaisagística dos largos boulevards, dos jardins dos palacetes, da exposição ideal de vastos terraços de café, graças à presença de uma ligeira borda florestal, da doçura da folhagem da nogueira de Bizâncio,[5] da frescura que produzem as sutis flores brancas dos arbustos de pérolas que, quando murchas, dispersam-se com regularidade sobre os gramados, as curvas higrométricas diurnas (e em menor medida noturnas) se encontrariam modificadas, o que permitiria que uma fauna delicada crescesse e vivesse feliz ali, longe do cascalho de Belleville, de clima mais rude, e muito longe das planícies mortíferas do Norte da capital, onde prolifera uma população robusta mas primitiva, essa zona forma um oásis, onde a presença conjugada de água da bacia hidrográfica e da sombra das árvores encorajava, desde priscas eras, o crescimento de uma população protegida, os futuros homens de negócios.

5   Há uma famosa, no Jardim do Trocadero, dentro desse triângulo. [N.T.]

A consanguinidade, o parentesco, a filiação, a hereditariedade e a linhagem não deveriam ser termos reservados aos selvagens da Amazônia. O 8º ou o 16º *arrondissements* de Paris, no coração desse triângulo sagrado, oferecem a oportunidade de um estudo potencializado e detalhado do que se chama comumente de família. No ambiente particular que acabamos de descrever, há muito se desenvolveram costumes particulares que permitem não pôr em dúvida, mas ao menos matizar as análises eruditas de Claude Lévi-Strauss, recorrendo a sua teoria das alianças em casamentos intertribais, a fim de examinar o engenhoso sistema combinatório da burguesia financeira, de fortes tendências endogâmicas. Assim, são, antes de tudo, famílias que entram nesta manhã no boulevard Haussmann, 96, em Paris. Um cortejo de dinastias. Aqui, a lei fundamental fixada pelo grande etnólogo encontra uma ilustração extrema, desmesurada. Os estudos sobre o 8º *arrondissement* de Paris quase autorizam a definição de uma nova teoria das alianças. Uma vez averiguadas, a partir de grandes quantidades de dados empíricos, as relações gerais entre as unidades, e isoladas das leis de valor previsível, depois de uma monografia detalhada do pátio de recreio do liceu Janson de Sailly, é na verdade possível afirmar, com uma das menores margens de erro, que as estruturas elementares de parentesco no 8º *arrondissement* de Paris repousam sobre oito termos — irmão, irmã, pai, mãe, filha, filho, cunhado, cunhada —, unidos entre eles sem quase nenhuma correlação negativa, de tal sorte que, em cada uma das duas gerações em causa, existe sempre uma boa razão para se casar, seja com a irmã ou o irmão de seu cunhado ou de sua cunhada, como muitos Michelin deram exemplo, seja com um primo ou uma prima, cruzado ou paralelo, pouco importa, sendo que a burguesia em matéria de casamento arranjado é ainda mais permissiva do que o Corão, a fim de se aproximar da estrutura de parentesco mais simples que se possa conceber e que possa existir, a fim de que tudo — carros, casas, ações, obrigações, funções honoríficas, postos, rendas — permaneça pela eternidade na família, e essa estrutura elementar de parentesco do 8º ou do 16º *arrondissement* de Paris, conduzida a sua forma mais essencial, chama-se incesto.

Com um tom grave, os administradores recordaram a derrota lamentável, *nosso* exército, *nossos* soldados mortos. Mas eles não estavam lá para se queixar, os negócios precisavam continuar, e depois o banco não tinha tomado as decisões necessárias, não havia considerado corretamente abandonar suas embaraçosas posições indochinesas ainda em 1947, e reorganizar o essencial de suas atividades no exterior, longe dos combates, em outro lugar, em outras colônias? Evidentemente, o exército francês combatera o melhor possível, lutara, repetiam, contra um inimigo em número muito superior. Mas, no fundo, cada um sabia, Minost sabia, ele havia até anunciado logo antes de Cao Bằng, antes do "desastre de Cao Bằng", cinco anos antes, antes dos 5 mil mortos, a Indochina já não representava mais nada no portfólio do banco. Eles tinham liquidado discretamente tudo, e os combates aconteceram, apesar de tudo, por uma colônia já esvaziada de sua substância. Minost sabia disso muito bem. Flers também sabia, ele sabia de tudo havia muitas gerações, com uma atitude inata que vinha talvez do século XVII, de Jean Ango, senhor de La Motte, secretário do rei e conselheiro do Parlamento da Normandia, seu antepassado. E Charles Michel-Côte sabia também, e Emmanuel Monick, que foi administrador ou presidente de seis ou sete bancos, ele também sabia perfeitamente. E todos, sabiamente sentados em volta da mesa, olhavam-se com uma seriedade desconcertante, uma gravidade exemplar. Nem sequer a tortura de ouvir esse imbecil do Jean Beaumont bombardeá-los durante um bom minuto, com todos os lugares-comuns possíveis, sobre o sacrifício de nossos soldados e a grandeza da França — chegou até a evocar seu parentesco distante com Castries, ele que teria preferido uma noitada modesta no jóquei-clube a qualquer cerimônia militar —, nem sequer esse horrível suplício que lhes impuseram essas bufonarias de diletante os fez reagir. O patriotismo deles era irrepreensível.

O porteiro fechou a tranca, e os membros do conselho de administração ficaram enfim sós. Os navegadores de outras eras sonhavam com as grandes profundezas. Deslizavam em silêncio sobre um mar calmo, angustiados pelo vazio imenso, desconhecido, que imaginavam abaixo deles. Pensavam distinguir vestígios sobre a areia, pedaços de tentáculos, medusas laceradas, algas secas, um braço morto de uma estrela-do-mar. Isso inquietava. E a sala onde agora se encontravam fechados os membros do conselho de administração para recolher seus dividendos e decidir sobre o futuro é tão pálida, difusa, velada quanto o fundo dos oceanos. De súbito, as figuras em torno de Minost começaram a boiar como imagens em um raio de luz. E foi como se víssemos, não mais esse ou aquele banco real, encarnação precisa e concreta, mas *o* banco por excelência, o Ídolo.

É que o Banco da Indochina não é exatamente um banco como os outros. Ele imprimiu sua própria moeda, como o Banco da França, e esta teve curso legal na Indochina, nas colônias francesas da Oceania, na Nova Caledônia, nas colônias franceses da Índia e na costa francesa da Somália, o que significa dizer: em todo o mundo. O montante dessas cédulas em circulação e da carteira de créditos ultrapassa 2 bilhões. E cada um dos membros do conselho de administração não é apenas um técnico, não são apenas financistas que tiveram sucesso, simples diretores de bancos, nós os encontramos em qualquer lugar, na madeira, no ouro, no cobre, no cimento, nas minas de carvão de Tonquim, na iluminação de Xangai! É extraordinário, eles sabem tudo, fazem de tudo, administram tudo. Você vai tomar uma casquinha de sorvete na rua Paul-Bert, em Saigon, e ignora que a sociedade anônima Brasserie & Glacières da Indochina tem em seu conselho de administração o muito experiente Édouard de Laboulaye, pelo banco. Você troca os pneus de seu Chevrolet e não sabe que a borracha é produzida pela

Société des Caoutchoucs da Indochina, e que no conselho de administração está Paul Baudoin, pelo banco. Você precisa da ligação de água para um bangalô e pode não saber que a água potável é distribuída pela Compagnie des Eaux et d'Électricité da Indochina, em cujo conselho de administração Jean Maxime-Robert recebe jetons, pelo banco. Você risca um fósforo e ignora que ele é vendido pela Société Indochinoise Forestière et des Allumettes, cujo conselho de administração abriga Jean Laurent, pelo banco. Enfim, em sua lua de mel você está no rio Vermelho, ouvindo uma canção maravilhosa interpretada por um dos famosos tocadores de cítara que mendigam, em Aname, sua existência à beira d'água, e você beberica seu ponche sem saber que a linha em que navega pertence a uma sociedade anônima de barcas e rebouques, no conselho da qual tem assento um representante do banco. E se continuarmos o inventário absurdo de sociedades que o banco administra de forma indireta, encontramos ainda o crédito imobiliário, as dragas, os serviços públicos, até mesmo o montepio!

Mas isso não para na Indochina: através de suas subsidiárias, de suas participações, sua influência se estende às salinas de Djibuti, de Sfax e de Madagascar, às plantações de chá, à indústria de papel, aos fosfatos, aos vidros, aos bondes, e todos os diretores, no Banco da Indochina, têm o dom da onipresença, um está no banco Comptoir National d'Escompte, outro na empresa Messageries Fluviales, o barão Georges Brincard está no Crédit Lyonnais, Joseph Deschamp no banco CIC (Crédit Industriel et Commercial), André Homberg na Société Générale, mas isso pouco importa, porque seguimos sem parar os mesmos rastros, amarramos sempre os mesmos fios em torno dos mesmos títeres, e não são arames prendendo punhos famélicos, são fios de ouro ligando e religando os mesmos nomes, os mesmos interesses, e voltamos sempre aos mesmos nervos, aos mesmos músculos, a fim de que todo o sangue chegue finalmente ao mesmo coração. E poderíamos continuar assim durante horas, cruzaríamos cem vezes com os mesmos, em cada conselho de administração, em cada mansão, em cada árvore genealógica, como antigamente se cruzava com a mesma seringueira transplantada milhares de vezes na plantação de Phú Riềng, e acabamos inexoravelmente por pensar que seria suficiente, para toda a colônia, e para a França, talvez, já que o Crédit Lyonnais ou o CIC não são estabelecimentos coloniais, que se saiba, pensamos, em um reflexo pragmático, que afinal de contas, já que o poder político, ele também, só chega a uns poucos, a fim de que a democracia não seja mais reduzida à vontade sempre volúvel, e às vezes duvidosa, de todos, acabamos por pensar que seria sem dúvida melhor esvaziar o Palais Bourbon dos bancos de ostras, de escargots e de lesmas, que ali firmaram domicílio há quase um século, e cuja incompetência erode a sociedade inteira, a fim de acabar de uma vez por todas com essa ideia falsa, capciosa, segundo a qual o grande número conheceria melhor seu interesse do que um pequeno grupo de experts devidamente qualificados, que levariam ao poder sua experiência, seu conhecimento dos assuntos e sua entrega ao bem comum. Seria, no fundo, a democracia realizada, aquela com que sonha talvez François de Flers, enquanto a sessão do conselho de administração começa, aquela com que decerto sonham muitos dos inspetores fiscais. Isso evitaria que a deliberação política parasitasse inutilmente a tomada de decisão. Até porque, em última análise, e dizemos isso sempre, é a vida econômica que dita sua lei. Seria suficiente, então, apenas uma reunião por ano, uma reunião bem tranquila, no boulevard Haussmann, 96, sede do banco, para discutir de coração aberto os problemas e distribuir alguns dividendos. Um conselho de administração para dirigir a França!

*

Agora, no ápice do drama, eles se mantinham lá, em volta da mesa, como de hábito. Os criados tinham tirado delicadamente seus sobretudos. Minost deixava seu olhar se demorar na janela onde, entre os galhos enegrecidos dos plátanos, descobriu por um instante um feliz escape para sua imaginação. Durante esse tempo, Michel-Côte balbuciava, comentava as tabelas, anunciando com um tom monocórdico cifras extraordinárias:

"O capital social do banco chega a 2 bilhões de francos, divididos em 400 mil ações de 5 mil francos, integralizadas e majoritariamente nominativas."

Alguns tossem. E Michel-Côte continuou a dizer a missa e chegou enfim ao momento crucial:

"No ano passado, foram pagos dividendos de 350 francos por ação. Tenho a alegria de anunciar...", disse de súbito, com um ar de triunfo surpreendente em seu rosto liso de funcionário, "que este ano os dividendos serão elevados a 1001 francos!" Apesar da proverbial contenção de todos, ouviu-se um leve cacarejo de satisfação. É preciso dizer que o acréscimo era significativo, os dividendos foram multiplicados por três. Eram rigorosamente proporcionais ao número de mortos. Na sombra da derrota da França, depois de uma reorganização geral das atividades do banco de negócios e de sua holding, era uma proeza notável. Isso realmente merecia algum júbilo.

Flers e Beaumont trocaram um olhar cúmplice, como se estivessem no salão dos Greffulhe, que Robert de Flers, seu pai, amigo de Marcel Proust, tinha tão assiduamente frequentado. Charles-Valentin Dangelzer sem dúvida achou difícil conter o riso. A situação era cômica, rocambolesca mesmo. A França perdia enquanto ganhávamos, e ganhávamos prodigiosamente! Minost mantinha a cabeça inclinada sobre a mesa, sonhador. Ouvia. Talvez explorasse, nesse instante, os recônditos mais íntimos de sua consciência. Ele, que havia nascido em uma cidadezinha de província, entre muralhas medievais, à sombra de um cartório, e não no luxo como Flers, sem dúvida tinha fragilidades escondidas, talvez um pouco de pena, uma ponta de remorso. Entreviu, talvez, em um acesso, os cadáveres devorados pelas moscas, as casamatas pulverizadas, toda essa carne inerte arrastando-se na lama. Havia sido um dos primeiros homens da Resistência, ativo, diligente, próximo do general De Gaulle, o financista indispensável da França livre; poderia, então, tolerar sem reservas o que, entretanto, ele próprio tinha orquestrado? Poderia embolsar sem repulsa o montante perturbador de dividendos tão questionáveis? E ainda se perguntava, ele, *o arrivista*, ele, que no fundo era aqui o único que não devia sua posição a sua família ou a seu casamento, ele, que seus colegas secretamente desprezavam, não tinham confiado a ele a direção do banco em um momento crítico, a fim de apagar o opróbrio da colaboração e depois para melhor liquidar os negócios indochineses, e assim, como contrapartida dessa fabulosa ascensão, não teve de fazer o serviço sujo? Estava perdido em seus pensamentos, levantou a cabeça e, enquanto os olhinhos de Beaumont se apertavam em gratidão, sentiu uma espécie de nojo.

## O OLHO DO CICLONE

Deixaram lentamente a sala, em meio a um falatório amigável. Minost saiu por último, fechou sua pasta, saudou o assistente que apagou a luz atrás dele. Apesar das excelentes notícias que tinha anunciado, seu espírito divagava, seu olhar vagava da direita para a esquerda, de sala vazia em sala vazia, na claridade tênue dos escritórios. Era como se ele procurasse alguma coisa, alguém, alguma lembrança. O corredor lhe parecia interminável. Na frente da escada, parou diante do gladiador de bronze que, há anos, morria no parapeito da janela; ele concebeu, então, o embrião de uma amarga meditação sobre a vida humana, mas, como se a corrente profunda de seu ser fosse subitamente detida por um obstáculo, pensou de repente no campo entrincheirado, na derrota, na morte. Bruscamente, sentiu-se apertado em seu terno e afrouxou o nó da gravata. Seu criado a apertara demais.

Então, descendo a escada, lembrou como, desde o começo da guerra, o banco tinha discretamente parado de investir, tinha se livrado rápido de suas posições indochinesas, transferindo seus fundos para céus mais clementes, e pensou, apesar do leve azedume que não podia evitar sentir, que eles decididamente tiveram faro, e que fizeram bem de se retirar logo, silenciosamente.

Quando da derrota de Cao Bằng, o banco já não estava mais lá, a Indochina era só uma casca, uma aparência de colônia; ele tinha tranquilamente anunciado ao conselho de administração três meses antes essa primeira derrota, três meses antes dos 5 mil mortos. E agora que a guerra estava terminada, perdida, o banco apresentava uma saúde insolente, seu melhor ano, com 720 milhões de lucro líquido e dividendos que não pararam de crescer ao longo da guerra, e que nesse último ano triplicaram. "É realmente inacreditável", murmurou Minost, balançando-se; acariciou a grande pérola negra espetada em sua gravata e torceu nervosamente seu bigode.

Quando ele saiu do boulevard Haussmann, 96, houve uma revoada de pombos. Minost levantou o rosto e seguiu a nuvem de pássaros com o olhar. Era bonito. O carro apareceu, ele sentou-se maquinalmente em seu lugar, atrás, onde seu chofer, voltando-se para ele, ofereceu-lhe um copo d'água. Bebeu e sentiu-se melhor.

 O boulevard Haussmann estava com um daqueles terríveis engarrafamentos do meio-dia. Mesmo aqui, buzinavam. Deus, como essa algazarra era terrível! Sonhou com o fim de semana que o esperava, os pés de tomate que o jardineiro podara segundo suas instruções e que tinham pegado bem. Ele havia escolhido um lugar ao mesmo tempo ensolarado e úmido, tinha sido perspicaz. De repente, uma mãe de família malvestida, de rosto rude, gritou com seu chofer, que quase atropelou a filha dela; é preciso dizer que a menina tinha tentado atravessar fora da faixa; a atenção de Minost instantaneamente foi levada de volta para a Indochina.

Pensou na guerra. Com um pouco de distanciamento, disse a si mesmo, atormentado por uma súbita lufada de consciência pesada, será que eles não eram monstros, todos, por mais distintos que fossem, bem--criados, educados, monstros de casacos elegantes, de gabardines austeras, macacos de *trench coats*? Será que Flers já não se parecia com o monumento que ele teria um dia, no cemitério de Père-Lachaise, também austero, cercado por duas colunatas rígidas, mas cuja laje de mármore cobriria, em última análise, tão somente um resquício de podridão? E Beaumont não era um babuíno horrível, com seu rosto estúpido, satisfeito, seu atrevimento viril, valeria realmente os dividendos que recebia? Como podia se falar de mérito, de trabalho, de competências, de seriedade, quando um tal cabotino vinha fazer figuração e recebia milhões como cachê?

Ele se inclinou para trás, fechou os olhos e suspirou. Ouvia a barulheira do trânsito, sentiu o carro virar para a direita, frear, depois andar de novo. Abriu os olhos. Atravessava o Sena, olhou para a corrente cinza. Não eram monstros, disse a si mesmo, eram suas funções que exigiam sacrifícios. A holding do banco representava uma concentração monstruosa de poder, o que é que se podia fazer?! Com um gesto gracioso, alisou de novo o bigode e o refinamento de sua pessoa lhe pareceu de repente interceder a seu favor, como um equivalente moral. Não tinha lido o jornal todos esses anos, não tinha lido sempre os temíveis artigos de François Mauriac que fustigavam continuamente os crimes políticos da França? A maior parte dos membros do conselho de administração reivindicava o catolicismo mais estrito, mas de repente não liam mais Mauriac, ele havia trocado o *Le Figaro* pela *L'Express* e se declarara hostil à guerra, apoiando-se sobre esse catolicismo que todos praticavam. Entretanto, apesar do imenso talento de Mauriac, apesar de toda honestidade de Mauriac, que desertou seu campo político pelo da verdade, o que é talvez o maior dos sacrifícios, desde que François Mauriac condenou corajosamente a tortura, as violências policiais, a ocupação da Indochina, desde que sua pluma amarga, inteligente e amarga mudara de lado, não o liam mais.

Mas se os militares tinham de fato praticado a tortura, o bombardeio de civis, a prisão arbitrária, se os parlamentares haviam encorajado a guerra, adotando na tribuna o tom solene dos grandes momentos, os administradores do banco, ao contrário, não tinham oficialmente dito nada. Mantiveram-se como sempre distantes, longe dos conflitos, na sombra de seus escritórios, com as capas de chuva amassadas na cadeira, solidamente instaladas na frente de suas pastas de arquivo. E, claro, se os militares eram responsáveis por terem interpretado com brutalidade ordens injustas, por terem permanentemente exagerado no uso da autoridade, cedido à arbitrariedade, se os políticos eram responsáveis por terem sustentado, contra os interesses do povo, uma guerra ineficaz, assassina, e por terem mentido sobre nossas intenções e nossas chances reais de vitória, se eles tinham celebrado, sem cessar, de modo tolo, com uma má-fé que passou dos limites, nossos soldados, quando eram sobretudo árabes, vietnamitas ou negros que morriam, já que a essência de nosso exército era então composta por tropas coloniais, se eles nunca tivessem deixado de encorajar o mais estrito patriotismo, usando fórmulas prontas, grosseiras, como ainda fazem hoje em dia, para evocar mortes reais, usando um vocabulário teatral que desonra sempre a causa que ele pretende defender, se os militares e os políticos haviam cometido um crime tão grave assim, os homens que estavam sentados tranquilamente em volta da mesa há pouco, no boulevard Haussmann, 96, tinham de certa forma feito pior.

O carro se dirigia ao Ministério da Justiça, Minost ia ver alguns amigos. E enquanto pegava a rua Saint Jacques e beirava os muros da Sorbonne, ele recomeçou seu pequeno monólogo doloroso. Sim, pensou, o banco foi desde logo, para o exército francês, o parceiro por excelência, fez parte de todos os circuitos de financiamento e de abastecimento do corpo expedicionário, onde encontrou durante seis anos uma formidável oportunidade de enriquecer. Foi assim que o banco se aproveitou abundantemente da guerra de que fugia, e cujo fim previa com lucidez. Mas é uma faca de dois gumes. Ao mesmo tempo que o banco drenava os investimentos do país, pensou de repente Minost olhando para o céu, o olhar como que levado por seus turbilhões cinza, no momento em que o banco deixava a Indochina, a guerra se tornou sua primeira fonte de receitas. Além disso, em nome da honra nacional, o banco encorajava, através do Parlamento, uma guerra assassina, da qual tirava proveito e que estimava, entretanto, perdida. E por trás das gesticulações chauvinistas de Frédéric-Dupont, por trás da ordem colonial defendida por Viollette e Michelet, por trás das declarações patrióticas inflamadas dos De Lattre e dos Navarre, por trás das procrastinações de Bidault e das ameaças de Dulles, o banco tinha claramente apostado na derrota da França. Enquanto os franceses mal terminaram o racionamento e "o vale-pão" acaba de ser suprimido, no momento em que milhares de vietnamitas sofrem diariamente com a guerra, com a fome, em que as tropas do Việt Minh lutam com simples sandálias nos pés, em que os soldados não comem há dois dias, um pobre diabo toca seu tambor para não chorar, enquanto para a festa do Têt, à noite, os dínamos das bicicletas clareiam uma mesa improvisada onde se partilham alguns pedaços de laranja e biscoitos, os flamboyants perdem suas flores, as pétalas vermelhas deslizam no meio de latas de conservas vazias, e enquanto os caças-bombardeiros, como pássaros gigantes, passam mudos sobre a floresta e as explosões de obuses levantam um tal dilúvio de terra que os homens em torno perdem a noção do tempo, a guerra já está perdida nos livros de contabilidade.

Deus, como os grilhões estavam longe, como os *coolies* em trapos estavam longe, como as crianças morrendo de trabalhar estavam longe, como as chicotadas estavam longe, e como era fácil ser pragmático, realista a milhares de quilômetros, fazer uma avaliação, fixar perspectivas, quando nós próprios não corríamos o risco de precisar ir até lá para ver de frente o que se passava. E os Flers, e os Homberg, os Brincard, e toda essa concentração prodigiosa de poder que chamamos de *uma empresa*, essa ausência congênita de escrúpulos que devia suscitar medo, podem bem se manter de mãos unidas, unhas feitas, bem penteados, vestidos com bons tecidos, cortados sob medida: no limite, não vemos pessoas, mas sim cargos, o que vemos não são intenções, talentos, saberes, o que vemos é a estrutura do mundo. E seria necessário poder olhar tudo isso ao menos uma vez, uma única vez, bem de frente, toda a massa de interesses, de fios ligando-os uns aos outros, amassados, formando uma bola enorme, uma garganta gigantesca, um monte formidável de títulos, de propriedades e de números, como um monte formidável de mortos, olhar nem que fosse por um instante a verdade monstruosa, como se conta que justo antes de morrer levados por um furacão, veríamos, com o rosto batido pela chuva e os olhos picados pelo vento, o olho do ciclone.

Todavia, é muito necessário que haja responsáveis, pensou Minost, como se fosse de repente outra pessoa. Sentiu um aperto no coração. Ao fim de trinta anos, ainda não tinha conseguido dissolver a totalidade de seus remorsos no aprendizado das boas maneiras. E quando o carro beirava os muros da propriedade, reviu brutalmente todo o mecanismo que os havia tornado ricos, a estratégia do banco; haviam decidido em colegiado a política a seguir, e tinham, no interesse da instituição e dos acionistas, escolhido a via mais lucrativa; como repreendê-los por isso?!

Agora, o carro estacionava sob a pérgula, as crianças se aproximaram timidamente para acolhê-lo; ele recolheu o bambolê que uma menininha encantadora de vestido rosa acabara de perder no gramado e pensou que haviam administrado as coisas com tranquilidade, com sucesso, o banco havia encorajado a guerra e levara a cabo, sem escrúpulos inúteis, a missão coletiva que lhe era atribuída: firmar suas posições, aumentar seus ativos, equilibrar suas contas, mas sobretudo conquistar, e ganhar a maior quantidade de dinheiro possível. A menininha lhe deu um beijo, a dona da casa agradeceu as flores que o chofer tinha pensado em comprar e delicadamente colocara no assento de trás do veículo, entregando-as na chegada, para que ele pudesse oferecê-las a ela. E assim que subiu os degraus bonitos da entrada, seu olhar tocou as guirlandas de pedra que se enrolavam em torno dos vasos, e ele pensou em outra coisa. Tinha apenas esquecido de dizer a si mesmo que no fim dessa lógica, que certamente se tornara também a de nós todos, a que defendíamos ao mesmo tempo com o privilégio de não sermos nem vietnamitas, nem argelinos, nem operários, ele tinha esquecido completamente de dizer a si mesmo que, nesse jogo perfeitamente coerente com o espírito que hoje rege o mundo, era preciso aceitar especular sobre tudo, que nada podia ser excluído *a priori* da esfera das coisas, e que somente a esse preço podíamos enriquecer, e que nessa ocasião única e aterradora, a guerra, eles tinham — ele e os outros membros do conselho de administração — especulado sobre a morte.

## A QUEDA DE SAIGON

Os helicópteros tinham voado a manhã toda por sobre a embaixada. Era o caos. Nas ruas da cidade, todo mundo carregava alguma coisa, empilhava-se de tudo, não importava o quê, camas, ventiladores, abajures, colchões. Os policiais, por sua vez, começaram a pilhar, depois foi o exército. Atravessavam as ruas correndo, ziguezagueando entre motocicletas. A cidade está agora cercada pelo Việt Minh. Os Estados Unidos tinham sucedido os franceses, os Frédéric-Dupont, os Viollette, os Cabot, os Dulles, tinham por sua vez conseguido levá-los a isso, e essa guerra que De Lattre afirmava, frente a 10 milhões de telespectadores, que acabaria em dois anos no máximo, terá durado trinta. Trinta anos. É uma geração inteira que envelheceu na guerra, e outra que passou sua idade madura na guerra, toda sua idade madura, e outra ainda que nasceu na guerra, tendo vivido na guerra toda sua infância e sua juventude. Isso é muita gente. E no Vietná caíram em trinta anos 4 milhões de toneladas de bombas, mais que todas as que foram lançadas durante a Segunda Guerra Mundial por todas as potências aliadas, e em todos os fronts. Entretanto, o Vietná é pequeno, é bomba demais para um país tão pequeno. Em 1945, Hồ Chí Minh havia apenas proclamado sua independência, baseado inclusive em *nossa* declaração de direitos humanos, e, apesar de tudo, não havia declarado guerra a ninguém.

Soldados correm sob varandas sombrias, metralhadora em punho, helicópteros passam atrás dos edifícios. Sobe-se nos telhados. Há gestos perplexos. Os telhados estão cheios de homens e mulheres que têm esperança de que venham pegá-los. Porque o Việt Minh está chegando, e trinta anos de guerra aguçaram os ódios. Eles tiveram todo o tempo e todas as ocasiões para se tornar uma espécie de ciência. O país foi dividido, insultado, e é um exército que acaba de viver trinta anos de guerra que hoje cerca Saigon.

Casas estão queimando. Alguns cadáveres se estendem na calçada. Um homem corre perdido. Gritos. Mulheres que carregam crianças. Fogo. Uma curiosa mistura de civis e militares. Andam para todo lado. Vespas, bicicletas, caminhões, multidões puxando malas, bolsas. Os rostos estão crispados, pasmos. Os grandes helicópteros americanos, com seus dois rotores, os Chinook, capazes de transportar até 150 pessoas e doze toneladas de material, carregam pelo céu enormes trouxas. As casas noturnas e os bordéis de Saigon fecharam. O Blue Star está fechado. O Baby Doll está fechado. O Song Xanh, com suas estrelinhas no teto, está fechado também. E agora aqui estão os jovens soldados do Việt Cộng, com suas caras de meninos de coro. Aqui estão as velhas raposas do Việt Cộng, com suas caras de catequistas.

Em 29 de abril de 1975, os americanos partem, estão de mudança. Os ventiladores param. As geladeiras param.

Os carros quebram. Há grandes cemitérios de geladeiras, grandes necrópoles de ares-condicionados e pirâmides de lava-louças. Tudo está morto. Então, corre-se na direção dos últimos barcos, dos últimos helicópteros, dos últimos aviões americanos. Os pilotos selecionam os passageiros, pistola em punho. É uma turba. Pelas escotilhas podemos ver, nos filmes de época, as multidões perseguirem um avião, scooters e jipes correrem loucamente atrás de sabe-se lá qual salvação. Agarram-se às rodas, às escadas de embarque. Conseguem fazer subir um ou dois no último momento.

Milhares que partiram em barcos improvisados perecerão afogados. É terrível, esses barcos sobrecarregados de pessoas, essas pencas humanas que boiam ao sabor das ondas, esses empilhamentos de corpos, de pacotes, de bicicletas, de gritos, de estupores. Todos esses chapéus de palha! É tão triste, um povo... Nós o dividimos, nós o isolamos de si mesmo, o tempo passa, e ele só pode temer se reencontrar, estrangulado na rede impiedosa de outros interesses que foi obrigado a assumir. Oh, Kissinger, tão esperto segundo contam, o Talleyrand da Guerra Fria, aí está você, bem ridículo com seu sorriso descontraído, seu ar de sabe-tudo, seus óculos tão célebres que, porém, não lhe permitiram ver. Mas não se preocupe, evacuaram a colônia americana e os últimos franceses, todos partiram, as grandes criaturas de Cuvier desapareceram na neblina. Foram evacuados em silêncio, andaram atrás da cortina sem se fazer notar e encontraram seus camarins. Mas, no fim, a retirada foi uma desgraça. Para os retardatários, foi mais caótico. Havia multidões penduradas como pencas nos trens de pouso; e viram o próprio embaixador da Itália agarrar-se à cerca como um ladrão comum. Ah, você deve ter visto os últimos ocidentais evacuados com urgência, por helicóptero, do telhado da embaixada dos Estados Unidos, durante a queda de Saigon. É preciso a qualquer preço ver isso, os diplomatas subindo como conseguiam na escada de corda. As gravatas voando ao vento. Os corpos se agarrando às barras enquanto os lenços voam. Que atmosfera de fim de mundo, que fiasco! Na esperança ridícula de *uma saída honrosa*, foram necessários trinta anos, e milhões de mortos, para que tudo terminasse assim! Trinta anos para uma saída de cena dessas. A desonra teria, talvez, valido mais.

# NOTA

Do lado da França e dos Estados Unidos, houve ao todo 400 mil mortos se contarmos as tropas coloniais e os recrutados indochineses, tropas essas que formaram a grande parte do exército francês. Do lado vietnamita, a guerra fez ao menos 3,6 milhões de mortos. Dez vezes mais. É o mesmo número de franceses e alemães mortos durante a Primeira Guerra Mundial.

FONTE  Guyot
PAPEL  Pólen Natural 80 g/m²
IMPRESSÃO  Gráfica Loyola

São Paulo, abril de 2024